周庆富·主编

守正创新

中国艺术研究院文学艺术院
成立二十周年艺术创作汇报展

作品集

文化藝術出版社
Culture and Art Publishing House

图书在版编目（CIP）数据

守正创新：中国艺术研究院文学艺术院成立二十周年艺术创作汇报展作品集 / 周庆富主编．—北京：文化艺术出版社，2023.11
ISBN 978-7-5039-7513-4

Ⅰ.①守… Ⅱ.①周… Ⅲ.①文艺—作品综合集—中国—当代 Ⅳ.①I217.1

中国国家版本馆CIP数据核字（2023）第208898号

守正创新
中国艺术研究院文学艺术院成立二十周年艺术创作汇报展作品集

主　　编	周庆富
封面题字	徐福山
责任编辑	魏　硕
责任校对	董　斌
书籍设计	李　响　楚燕平
出版发行	文化藝術出版社
地　　址	北京市东城区东四八条52号（100700）
网　　址	www.caaph.com
电子邮箱	s@caaph.com
电　　话	（010）84057666（总编室）　84057667（办公室） 　　　　84057696—84057699（发行部）
传　　真	（010）84057660（总编室）　84057670（办公室） 　　　　84057690（发行部）
经　　销	新华书店
印　　刷	北京雅昌艺术印刷有限公司
版　　次	2023年11月第1版
印　　次	2023年11月第1次印刷
开　　本	787毫米×1092毫米　1/8
印　　张	36
字　　数	12千字　图片400余幅
书　　号	ISBN 978-7-5039-7513-4
定　　价	498.00元

版权所有，侵权必究。如有印装错误，随时调换。

中国艺术研究院文学艺术院简介

中国艺术研究院文学艺术院成立于2003年。前身为中国艺术研究院艺术创作研究中心，黄在敏任主任，王勇任副主任，后更名为中国艺术研究院艺术创作院，是中国艺术研究院最早成立的创作研究机构。其下设三个创作中心，即美术创作研究中心、文化产业创意中心、文学艺术研究中心。2015年与文学创作院合并为文学艺术创作研究院，朱乐耕任院长，莫言任名誉院长。2019年12月，更名为文学艺术院，是以推动中国文学艺术创作研究为主旨，集众多艺术门类于一体的综合性创作研究机构。现由徐福山主持工作，莫言、朱乐耕任名誉院长，唐凌、姜浩扬任副院长。

文学艺术院现有在职人员共52人，其中正高级职称15名，副高级职称17名，中级职称17名，专业涵盖美术、陶艺、文学、声乐、器乐、戏曲、戏剧、摄影、设计、舞台表演、文化产业等，是中国艺术研究院艺术创作专业门类最多、艺术家最集中的文学艺术创作部门。2018年年初成立学术委员会，重大的学术问题由学术委员会讨论决策。文学艺术院发展宗旨为专业一流、创新进取、互相促进、跨界融合、共同提高。

文学艺术院自成立以来，会集了一批不同艺术专业领域并在国内外具有重要影响力的创作人才，如著名文学家、诺贝尔文学奖获得者莫言；中国当代著名诗人汪国真；中国当代著名陶瓷艺术家、教授朱乐耕；中国当代艺术"新水墨"画派的领军人物徐累；中国摄影艺术"金像奖"获得者、中国摄影50年突出贡献摄影工作者、摄影家黑明；2010—2012年连续三届获文化部优秀剧目展演最高优秀表演奖、2018年"新绛杯"杰出民乐演奏家称号的琵琶演奏家吴玉霞；中国戏剧"梅花奖"、意大利"罗马之泉奖"获得者、昆曲表演艺术家刘静；中国舞美灯光设计方面的学术带头人、舞美灯光设计师穆怀恂；中国陶瓷专家、紫砂工艺传承人高振宇；中国画"大写意"名家徐福山；著名编剧唐凌；大型活动创意策划人、舞美设计师姜浩扬等。

　　文学艺术院多年来成功举办多次高水平书画作品和陶艺展、召开学术研讨会、开展系列创作教育活动，向艺术界和社会公众展示其在艺术创作方面的重要成果。文学艺术院始终紧密围绕中国艺术研究院的中心工作，将艺术理论研究与艺术实践有序结合，探索开展各种内容形式的创作研究活动，逐步提升艺术创作水准，为我国艺术科研与艺术创作的整体发展起到了重要的推动作用。

　　近年来，文学艺术院发挥集众多艺术门类于一体的特质和优势，在坚守传统艺术的基础上，不断创新进取，探索多种艺术跨界合作的方式，始终在创作与创新的道路上展望未来，勇攀艺术高峰。

前 言

2023年是中国艺术研究院文学艺术院成立二十周年，也是党的二十大召开一周年之际。为积极响应党的二十大精神，同时全面展示文学艺术院二十载的发展成果，特举办"守正创新——中国艺术研究院文学艺术院成立二十周年艺术创作汇报展"。

文学艺术院自2003年成立至今，广纳贤才，在中国艺术研究院的领导和关怀下不断发展壮大。二十年来，文学艺术院始终坚持党的文艺路线、方针、政策，围绕时代发展主题，立足本专业，深入生活、扎根人民，创作出许多代表中华优秀传统文化、反映现实生活、讴歌新时代精神的文学艺术作品，为中国艺术研究院乃至中国艺术发展做出卓越贡献。

10月7日至8日全国宣传思想文化工作会议在京召开，习近平总书记对宣传思想文化工作作出重要指示强调，要坚定文化自信、秉持开放包容、坚持守正创新，为全面建设社会主义现代化国家、全面推进中华民族伟大复兴提供坚强思想保证、强大精神力量、有利文化条件。

本次展览以"守正创新"为名，是对习近平总书记宣传思想文化工作精神的响应，是向中国艺术研究院院训"百花齐放，推陈出新"的致敬，同时也是对文学艺术院未来发展的期待和激励。"守正"是对传统的尊重与继承；"创新"是为守正注入鲜活的时代性和充沛的生命力。

本次展览集中展示文学艺术院艺术家二十年来的重要创作和研究成果，共展出67位艺术家的200余件作品，由文学与戏剧、美术书法与摄影、陶艺与漆艺、舞台表演与创作、设计五个门类构成。众多艺术门类彼此借鉴、蓬勃发展，在继承传统的基础上，探索拓展更多创新性的创作研究活动，力图为观者呈现一场内容丰富、精彩迭出的艺术盛宴。

习近平总书记在文艺工作座谈会上的讲话中指出："文艺是时代前进的号角，最能代表一个时代的风貌，最能引领一个时代的风气。"文学艺术院艺术家将不忘初心，在坚守传统艺术的基础上不断创新进取，在守正与创新的道路上展望未来，勇攀艺术高峰。

中国艺术研究院文学艺术院

2023年11月

目 录

文学与戏剧 001

莫 言 002

汪国真 006

韦 平 010

李 冰 014

唐 凌 018

管笑笑 022

闫小平 026

美术、书法与摄影 031

袁熙坤 032

杨华山 036

李 岗 040

林 维 044

张龙新 048

徐 累 052

黑 明 056

张晓东 060

徐晨阳 064

崔自默 068

夏北山 072

王德芳 076

崔大中	 080
张爱玲	 084
王桂勇	 088
雷　苗	 092
徐福山	 096
潘映熹	 100
郑光旭	 104
高　茜	 108
谢　岩	 112
王晓丽	 116
吴成伟	 120
陈　平	 124
邹　操	 128
陈亚莲	 132
姜鲁沂	 136
席丹妮	 140
张谢雄	 144
陈萌萌	 148
陆　璐	 152
孟　丽	 156
边　涛	 160
于新华	 164
王　霄	 168
皋　翱	 172
何梦琼	 176
李思璇	 180
戚鑫宇	 184
于　瑜	 188
孙逸文	 192

陶艺与漆艺 197

朱乐耕 198
姜　波 202
高振宇 206
李　芳 210

舞台表演与创作 215

李祥章 216
吴玉霞 220
刘　静 224
吴林励 228
张晓龙 232
段　妃 236
吉颖颖 240
赵雪莲 244
程　明 248
屈　轶 252
刘　蕾 256

设　计 261

穆怀恂 262
姜浩扬 266
彦　风 270
李　怡 274

文学与戏剧

莫　言

1955年2月生，山东省高密市人。1976年参军离开故乡，20世纪80年代初开始文学创作。曾先后就职于中国人民解放军总参谋部政治部、检察日报社、最高人民检察院影视中心、中国艺术研究院等。2012年10月，获得诺贝尔文学奖，成为首位荣获这项大奖的中国作家。主要作品有《红高粱家族》《丰乳肥臀》《檀香刑》《四十一炮》《生死疲劳》《蛙》等长篇小说11部，《透明的红萝卜》《拇指铐》《欢乐》《爆炸》等中短篇小说100余部，《霸王别姬》《我们的荆轲》等话剧、戏曲、影视剧剧作多部；书法集《三歌行》《莫言墨语》等；另有散文集、演讲集、对话集等多部。作品被译为英语、法语、德语、意大利语、日语、西班牙语、俄语、韩语、荷兰语、瑞典语、挪威语、波兰语、匈牙利语、阿拉伯语等50余种语言出版。

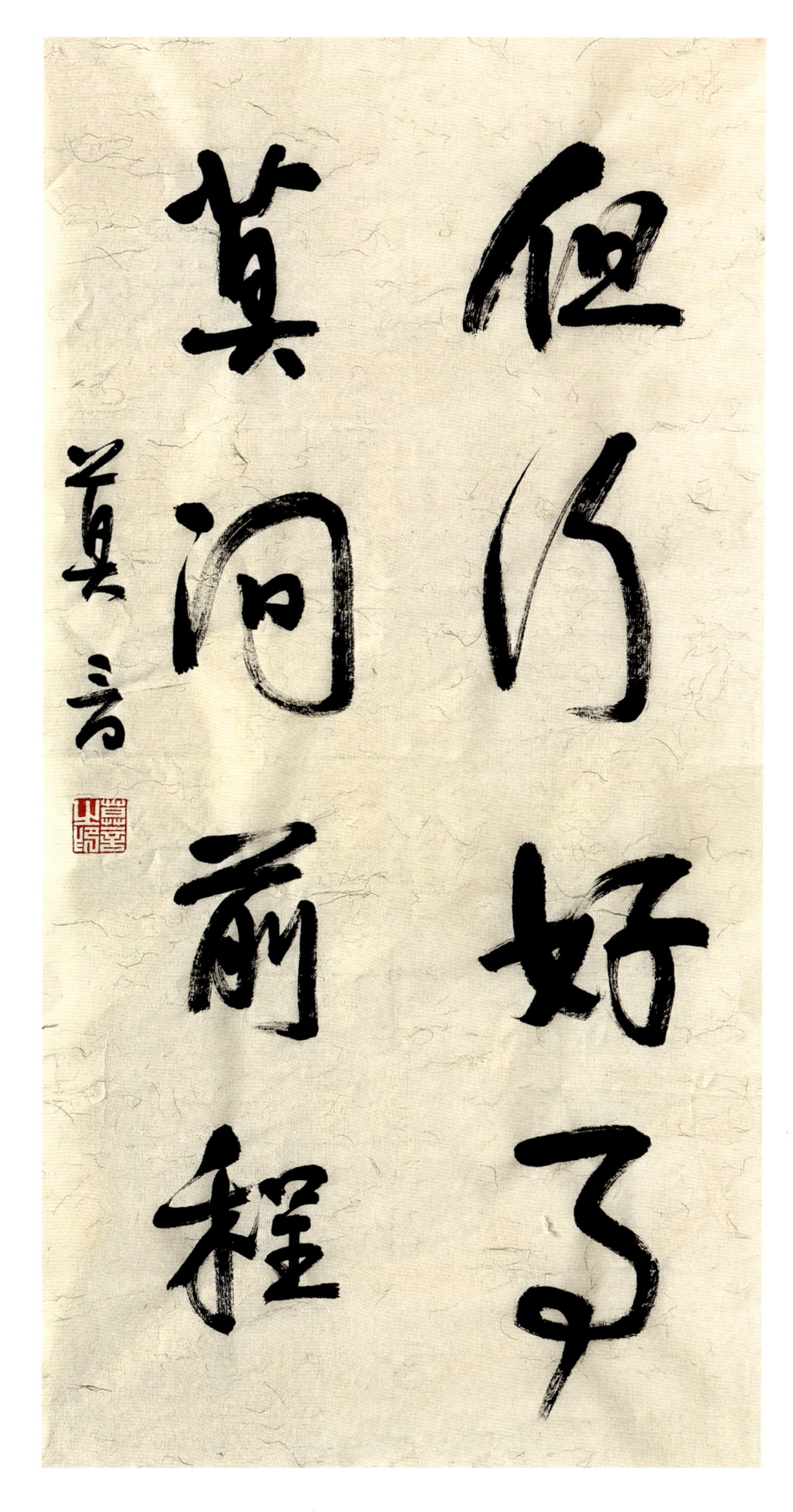

但行好事　莫问前程

109cm×33cm

纸本

2023 年

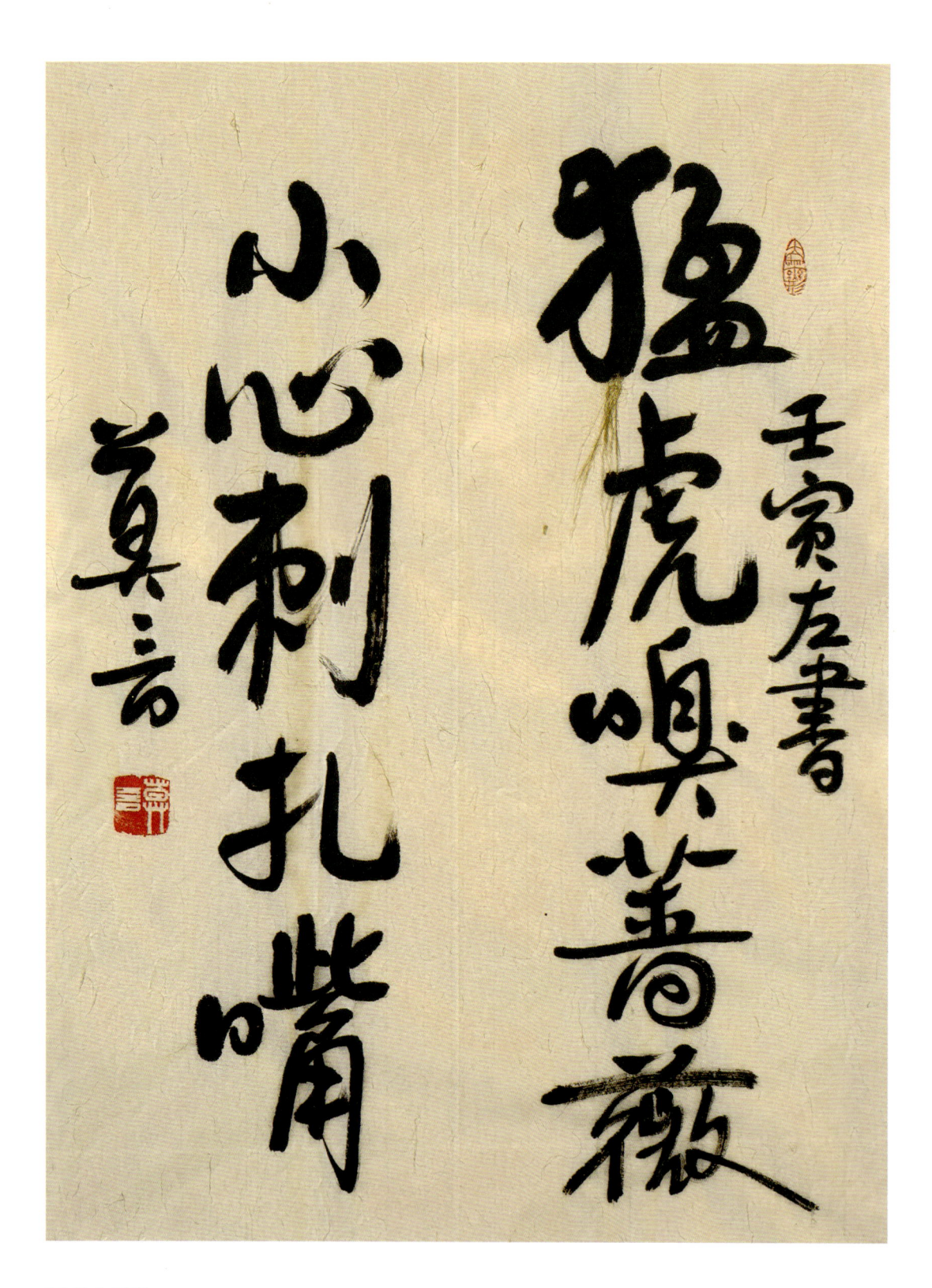

猛虎嗅蔷薇

109cm × 33cm

纸本

2022 年

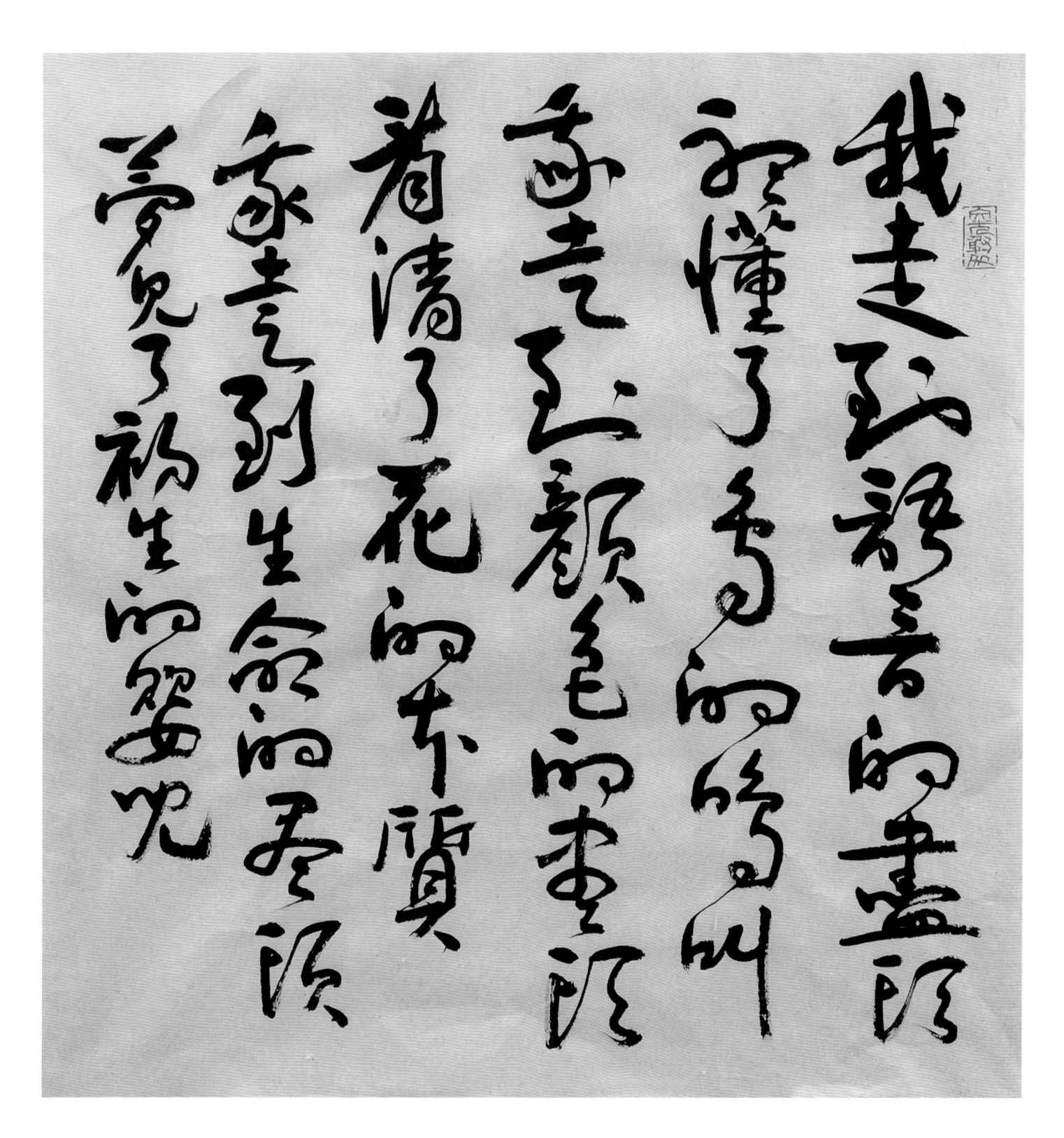

我走到语言的尽头

69cm×68cm

纸本

2023 年

汪国真

1956年6月生。当代著名诗人、书画家、作曲家。曾任中国艺术研究院文学艺术创作中心主任。创有新诗以来中国诗人诗集发行量之最，诗集被翻译成多国文字在海外出版发行。他的诗文多次被收入中小学教材。他曾连续三次获得全国图书"金钥匙"奖。书法作品作为中央领导同志出访的礼品赠送外国政党和国家领导人。完成400首古诗词谱曲的工作。2009年在北京音乐厅举办"唱响古诗词·汪国真作品音乐会"；同年出版发行《唱着歌儿学古诗·汪国真古诗词歌曲》（40首）唱片专辑。2009年入选中央电视台评选新中国成立60周年百名代表人物。2015年4月26日病逝，终年59岁。2023年1月，《风雨兼程——汪国真诗文全集》由作家出版社出版发行。

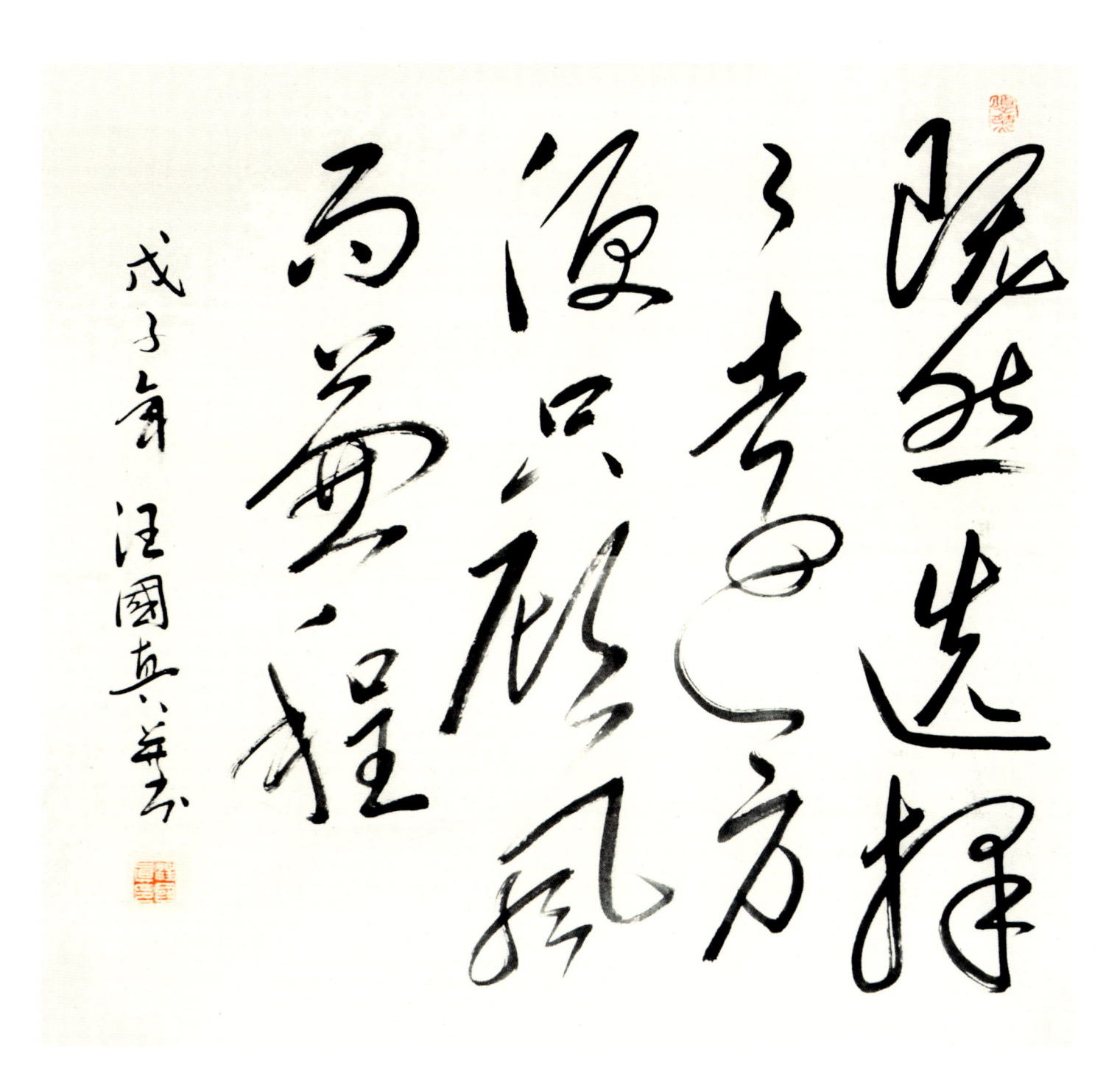

既然选择了去远方　便只顾风雨兼程

68cm×68cm

纸本

2008 年

汪国真著作书影

汪国真著作书影

韦 平

1965年10月生。副编审,中国艺术研究院文学艺术院舞台文学与艺术创作员。1996年起到中国艺术研究院工作,历任文化艺术出版社、文艺研究杂志社编辑,文学艺术院舞台文学与艺术创作员。2013年开始剧本创作,主要作品有话剧《木棉花开的时节》《唐敖庆》《黄大年》《黄大年老师》《白求恩》《海菜花开》等,电影剧本《诺言》《第三次背约》《我的校长莫振高》《烽火李庄》等,44集电视连续剧本《猎妖》、36集电视连续剧本《柳州往事1944》等,另有小说《开国皇帝刘邦传》及论文《寻找现代文学史中的石评梅》等。

话剧《黄大年》海报

话剧《黄大年》剧照

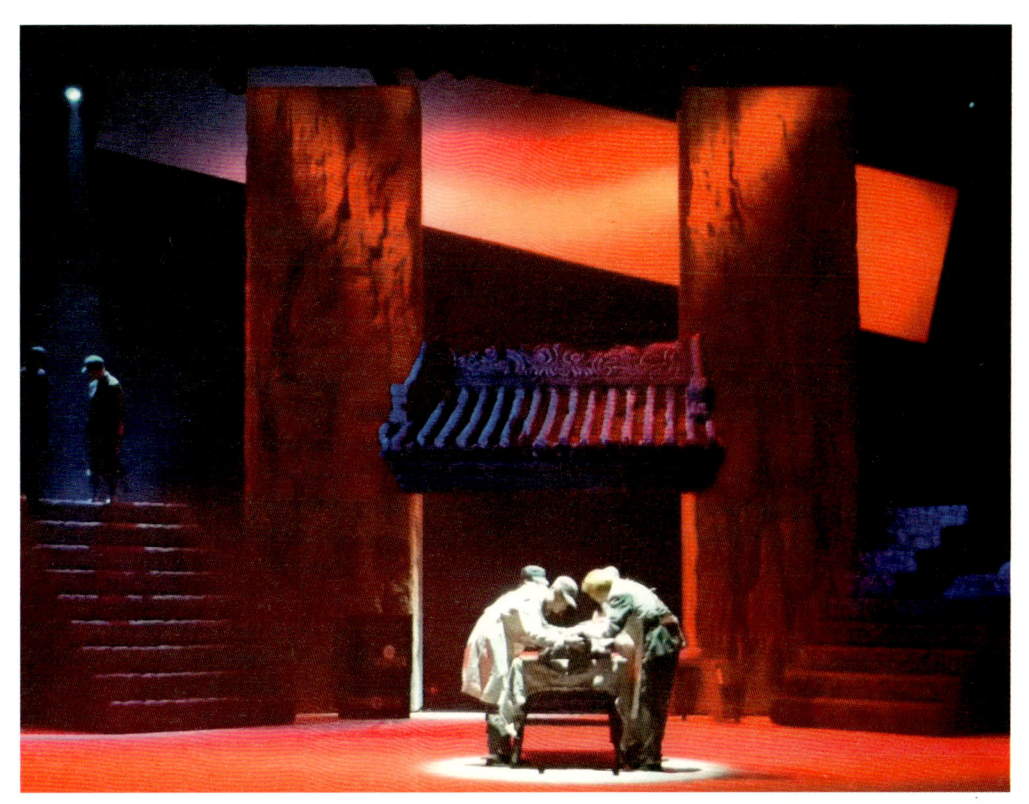

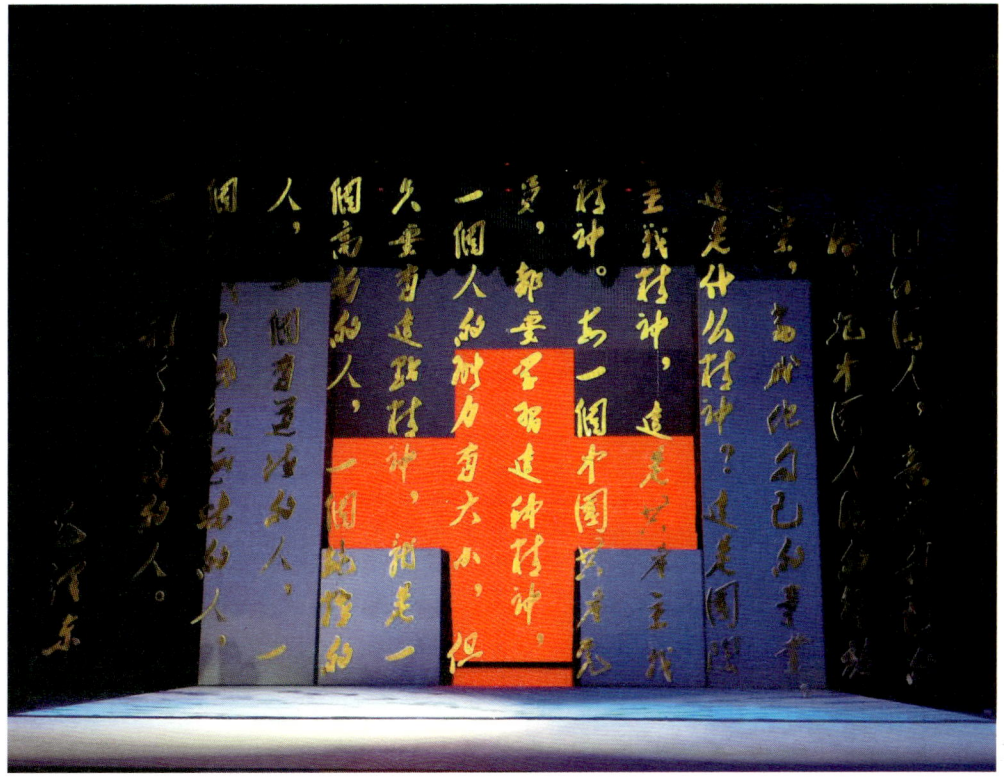

话剧《白求恩》剧照

李　冰

笔名淡巴菰。1970 年 11 月生，河北省保定市人。古典文学硕士。曾为媒体人、前驻美国文化外交官。2007 年加入中国作家协会。2008 年至今，就职于中国艺术研究院，文学艺术院专业作家。自 1993 年发表第一篇作品至今，共创作出版 500 余万字。出版有《瞧，这群文化动物》、《感动中国的作家》、《毕淑敏散文精粹点评》、《听说》（二卷）、《你该知道的 20 位当代中国作家》（英文版）、《人间久别不成悲》、《在洛杉矶等一场雨》、《下次你路过》等；并有多篇独立创作文学作品发表于报纸、刊物。

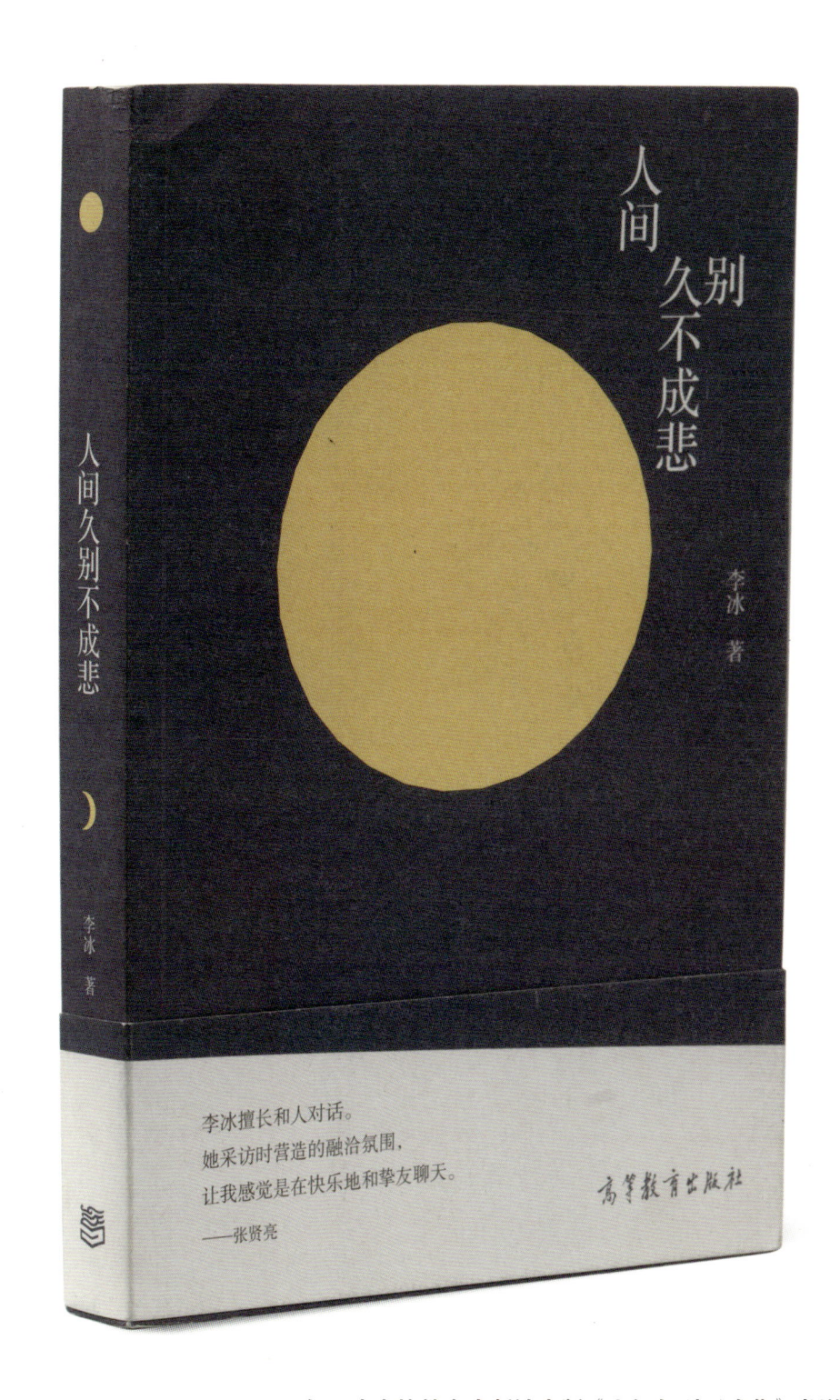

2020年，由高等教育出版社出版《人间久别不成悲》书影

2022年，由中国文联出版社出版《逃离洛杉矶　2020》书影

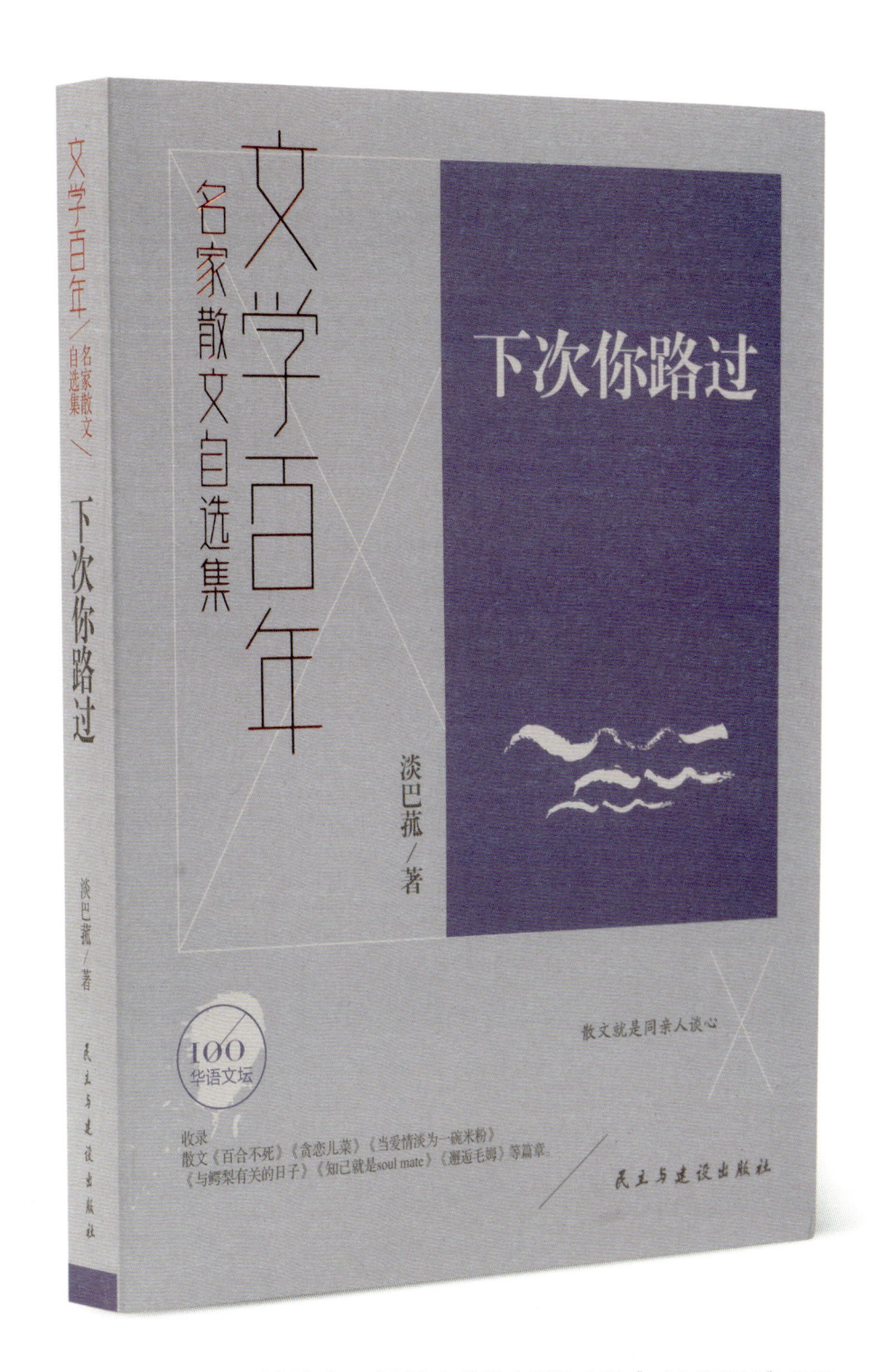

2023 年，由民主与建设出版社出版《下次你路过》书影

唐 凌

1972年8月生。文学博士，研究员，编剧，中国艺术研究院文学艺术院副院长。编剧代表作包括话剧《望》《竹林七贤》《广陵散》，湘剧《护国》，音乐剧《大江东去》《常书鸿》《无负今日》《夜莺与玫瑰》《巨人花园》，舞剧《到那时》，音乐剧场《广陵绝响》，音乐舞蹈史诗《长城长》等。出版专著有《全球化背景下的对话——对一种新的传播理念的探讨》《当代舞台艺术家访谈录》《中国当代舞台艺术与国家形象塑造理论探析》《中国当代舞台艺术"走出去"案例研究》等。

话剧《竹林七贤》剧照

舞剧《到那时》剧照

舞剧《到那时》剧照

管笑笑

笔名筱箫。1981年11月生,山东省人。先后毕业于山东大学、清华大学和北京师范大学。2015年获得北京师范大学文学博士学位。2007—2013年在中国劳动关系学院任教,2013年2月入职中国艺术研究院文学创作研究所,担任助理研究员工作至今,从事文学研究、文化研究、新媒体等研究、组织策划艺术展等工作。主要著作和译著有《莫言小说文体研究》《加百列的礼物》等;编剧作品有电视连续剧《红高粱》等。

2016年，由上海文艺出版社出版译作《加百列的礼物》书影

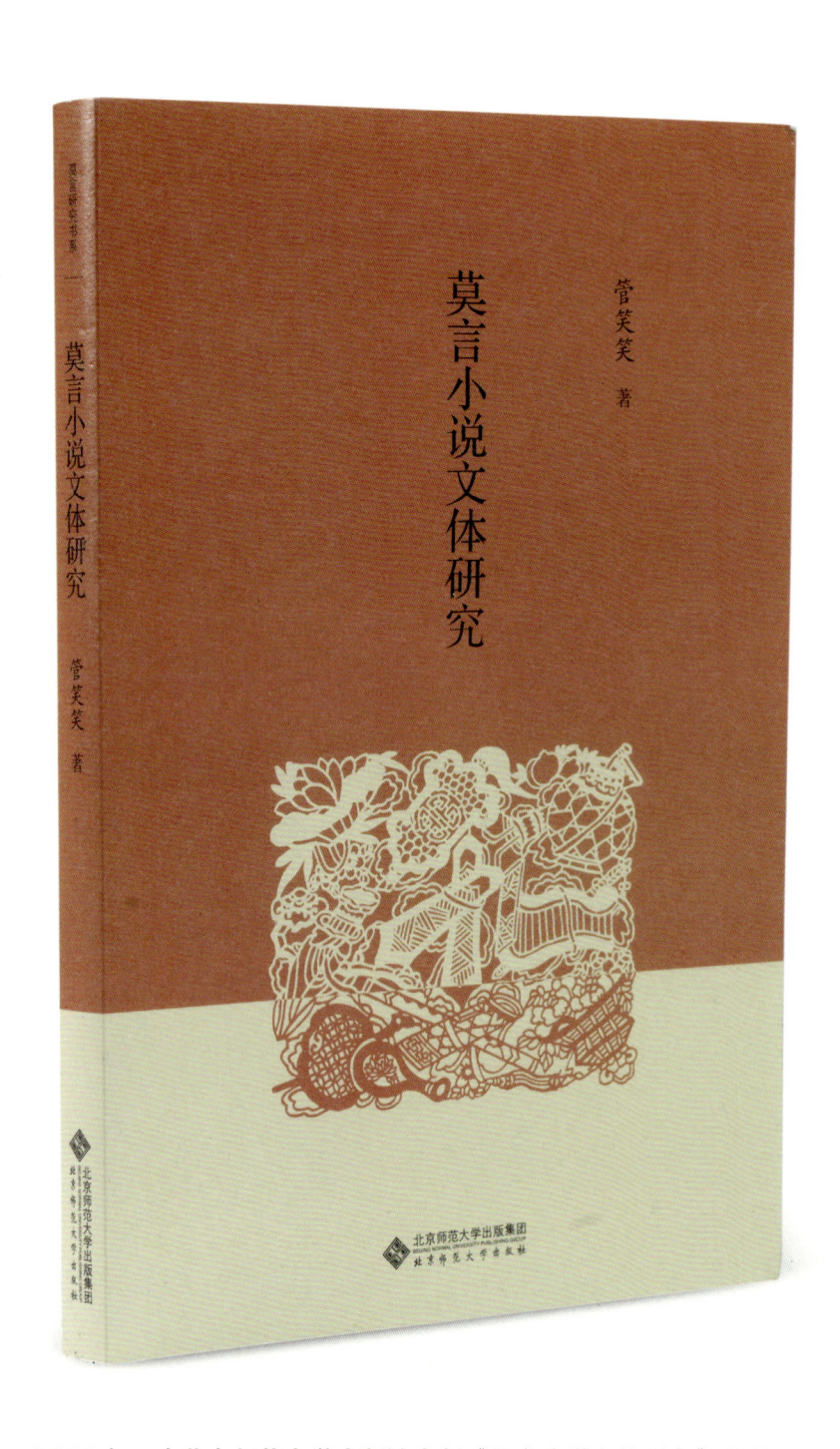

2016年，由北京师范大学出版社出版《莫言小说文体研究》书影

2021年,由莫言原著、筱箫改编、朱成梁绘画,二十一世纪出版社出版《大风》书影

闫小平

1988 年生。编剧、导演，首届国家艺术基金青年创作人才、上海国际艺术节委约青年艺术家、天津博物馆委约艺术家、英国皇家宫廷剧院国际编剧项目成员，获北京文化艺术基金、北京市老舍戏剧文学奖励扶持计划、上海市重大文艺创作项目基金等项目的支持。作品在国家大剧院、中国国家话剧院小剧场、北京大学百周年纪念讲堂、北京梅兰芳大剧院、上海东方艺术中心等知名剧院演出；在天津博物馆、北京 798CUBE 艺术中心以更为前沿的形式进行呈现；受邀德国柏林戏剧节短片单元，将戏剧以影像形式进行全新呈现。剧本被翻译为英语、德语、日语，屡被中央电视台、北京电视台、《人民日报》、《中国文化报》、《北京日报》、《北京晚报》、《新京报》、《天津日报》、《解放日报》、《中国日报》（*CHINA DAILY*）、《金融时报》（*Financial Times*）等重要媒体专题报道。

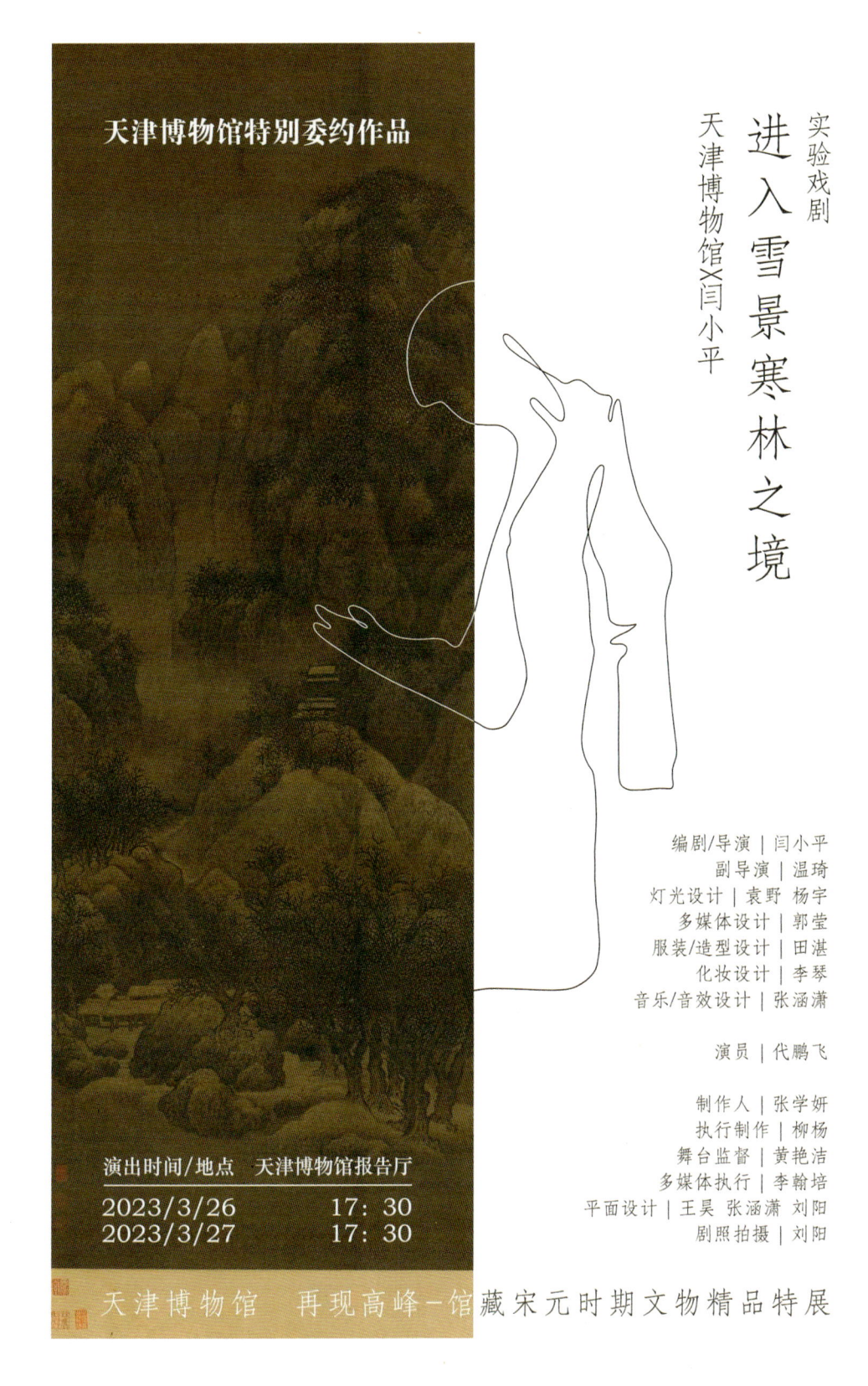

实验戏剧《进入雪景寒林之境》海报

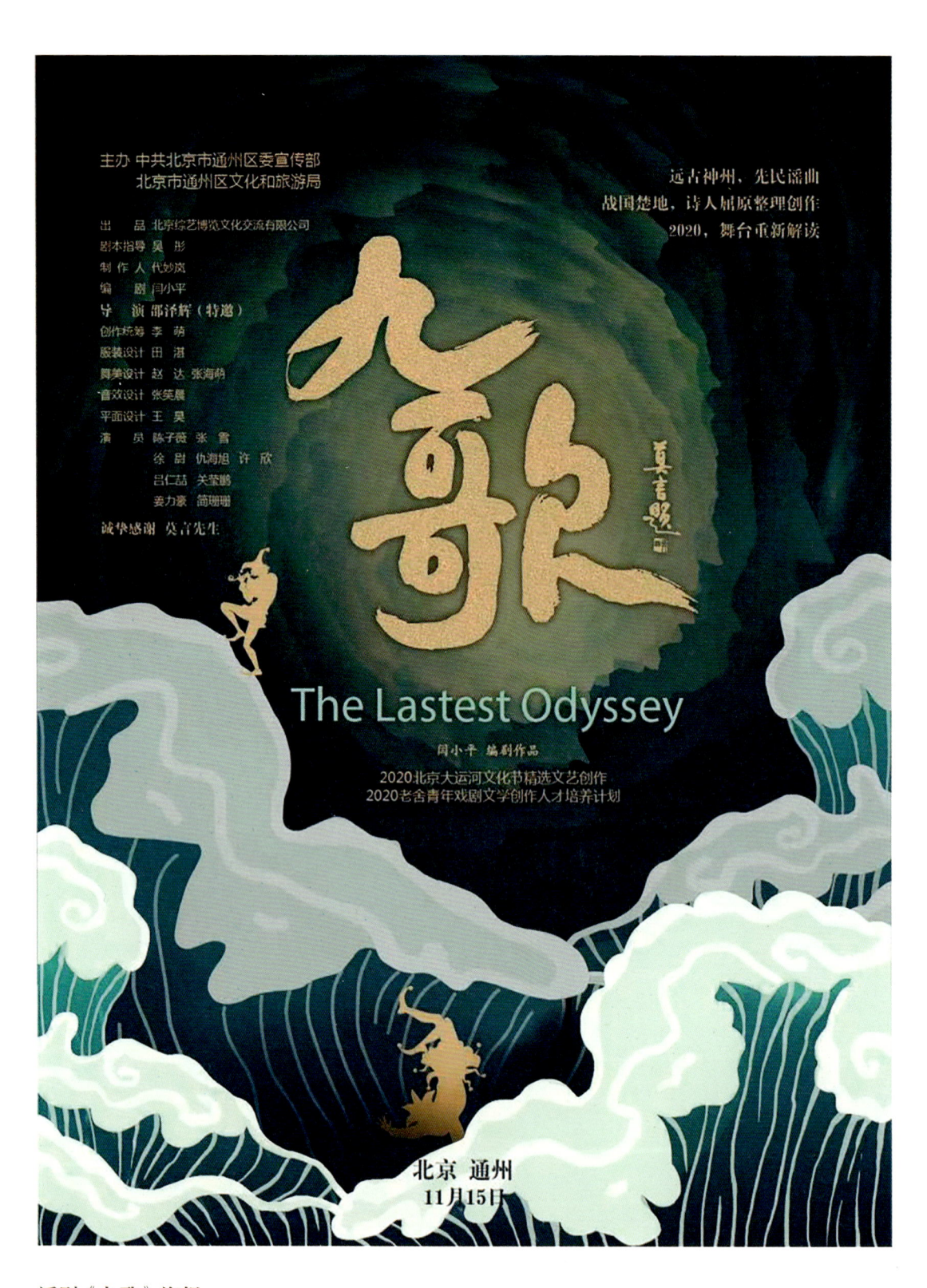

话剧《九歌》海报

昆曲《长安雪》海报

美术、书法与摄影

袁熙坤

1944年8月生,云南省昆明市人,祖籍贵州省。全国政协第十一、十二届常委,联合国首任"环保艺术大师"。现任北京金台艺术馆馆长、中国收藏家协会名誉会长、中国艺术研究院研究员、俄罗斯美术研究院荣誉院士,全国五一劳动奖章获得者。出版动物画册和相关技法著作多部,被国外权威艺术机构评为艺术及公共外交的领航者。国际名人雕塑作品被日本、希腊、俄罗斯、美国等国政府和有关国际组织、博物馆收藏。环保主题雕塑《极地之急:北极熊》和《森林守护神:虎》分别被联合国环境规划署授予2009、2010年度"地球卫士奖"。2016年,国际天文学联合会(IAU)国际小行星中心将214883号小行星命名为"袁熙坤星"。

大观楼长联

90cm×250cm
纸本
2012年

神来了

78cm×180cm
纸本水墨
2014年

马到成功

78cm×180cm
纸本水墨
2017 年

杨华山

1959年1月生，山西省万荣县人。曾先后就读于西安美术学院、中央美术学院、首都师范大学，获硕士学位。现为文化和旅游部高级职称评委，中国工艺美术大师评审委员会委员，中国艺术研究院艺术创作委员会委员、硕士研究生导师、美术创作中心主任、教授，国家一级美术师，中国美术家协会会员，中华诗词学会理事。曾在美国、日本等国家举办书画展览。应邀为人民大会堂、天安门城楼、中南海、钓鱼台国宾馆、毛主席纪念堂等创作巨幅画作。作品被中国美术馆及多家博物馆等文化机构收藏。出版有《大美寻源　翰墨薪传——诗书画系列巡回展作品集》《学院派精英·杨华山》《大美寻源——吴悦石、莫言、杨华山翰墨三人行作品集》《中国艺术研究院艺术家系列：杨华山》《中国艺术研究院中青年艺术家系列展作品集——问道　杨华山》等。

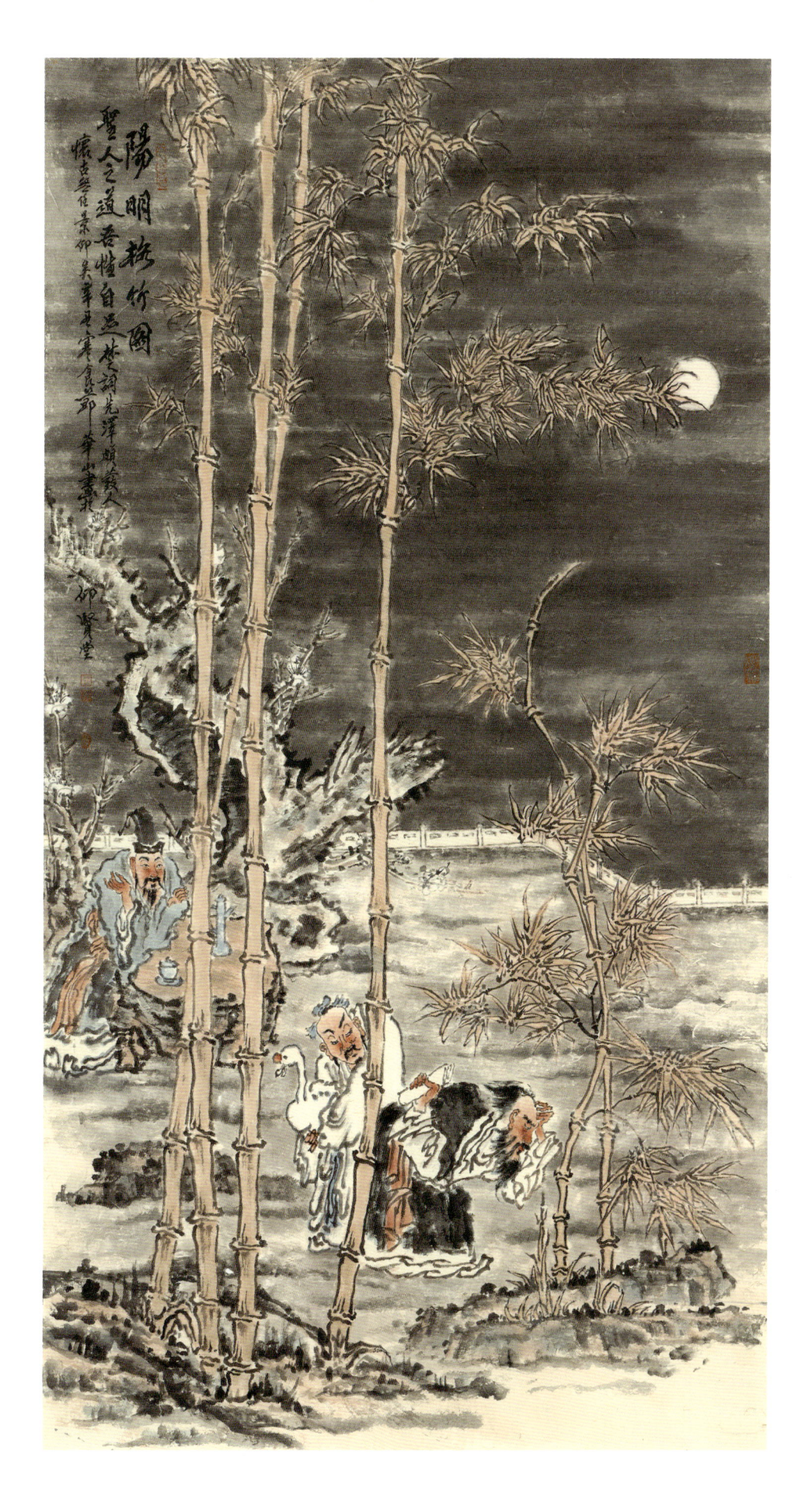

王阳明系列三幅 1·阳明格竹图

200cm×100cm

纸本设色

2021 年

王阳明系列三幅 2 · 龙场初明图

200cm × 100cm

纸本设色

2022年

王阳明系列三幅 3·龙场悟道图

200cm×100cm

纸本设色

2022 年

李　岗

字星弟。1960 年 6 月生，黑龙江省人。先后毕业于吉林艺术学院美术系中国画专业、中央美术学院中国画系助教研修班。中国艺术研究院文学艺术院画家、国家一级美术师、中国美术家协会会员、中国传记文学学会会员、中国少数民族戏剧学会理事。主要创作、研究方向：中国水墨戏曲人物画、写意人物画、山水画、抽象水墨、瓷画等。近十年先后在中国艺术研究院、国家大剧院、中国美术馆、恭王府、荣宝斋、北京大学、北华大学、景德镇美术馆、新绎空间等地举办展览。出版有《当代中国实力派画家作品集·李岗卷》、《李岗戏画》、《意象水墨》、《中国当代美术家李岗》（分为人物卷、风景卷、墨彩卷）、《李岗画集》、《梨园瓷画·李岗瓷艺作品集》、《山川心印·李岗山水画作品集》等图书。作品被国内外众多机构收藏。

笔架山

68cm×68cm
纸本水墨
2017年

大觉山

68cm×68cm

纸本水墨

2017 年

观音阁

68cm×68cm

纸本水墨

2017年

林　维

笔名大惟，别署崇德居主人。1962年12月生。祖籍福建省龙岩市连城县。中国美术家协会会员。1991年毕业于上海戏剧学院舞台美术系设计专业，获文学学士学位。2003年考入中国美术学院国画系，师从闵学林、顾震岩教授，2006年毕业并获文学硕士学位。2009年考入中央美术学院造型艺术研究所，师从郭怡孮、薛永年教授，2012年7月毕业并获文学博士学位。现为中国艺术研究院文学艺术院专职画家，国家一级美术师，硕士研究生导师。出版有中央美术学院博士研究创作集《格局·格调——中国画卷　林维》《林维画集》，美术学博士论丛《通人画家郭味蕖》《巨擘传世——近现代中国画大家·郭味蕖》等画集和专著。

绿色家园

248cm×146cm

纸本设色

2020年

松鹤延年

248cm×146cm
纸本设色
2021年

夏日绿荫

夏日绿荫
248cm×146cm
纸本设色
2019 年

张龙新

1963年1月生，江苏省连云港市人。毕业于中央美术学院油画系第十三届硕士课程班、中国艺术研究院美术学研究生班。中国艺术研究院文学艺术院画家，中国美术家协会会员。1993年，为中国长城博物馆创作中国画长卷《万里长城图》（高2米，长138米）。1998年，获"龙脉杯"全国中国画大赛金奖。1999年，获"迎澳门回归"全国中国画展铜奖；"鑫光杯"全国中国画大赛铜奖。2002年，在巴黎联合国教科文组织展厅举办"张龙新中国画长城系列作品展"。2003年，获第二届中国美术"金彩奖"银奖；第二届全国中国画展优秀奖。2004年，参展第十届全国美展。

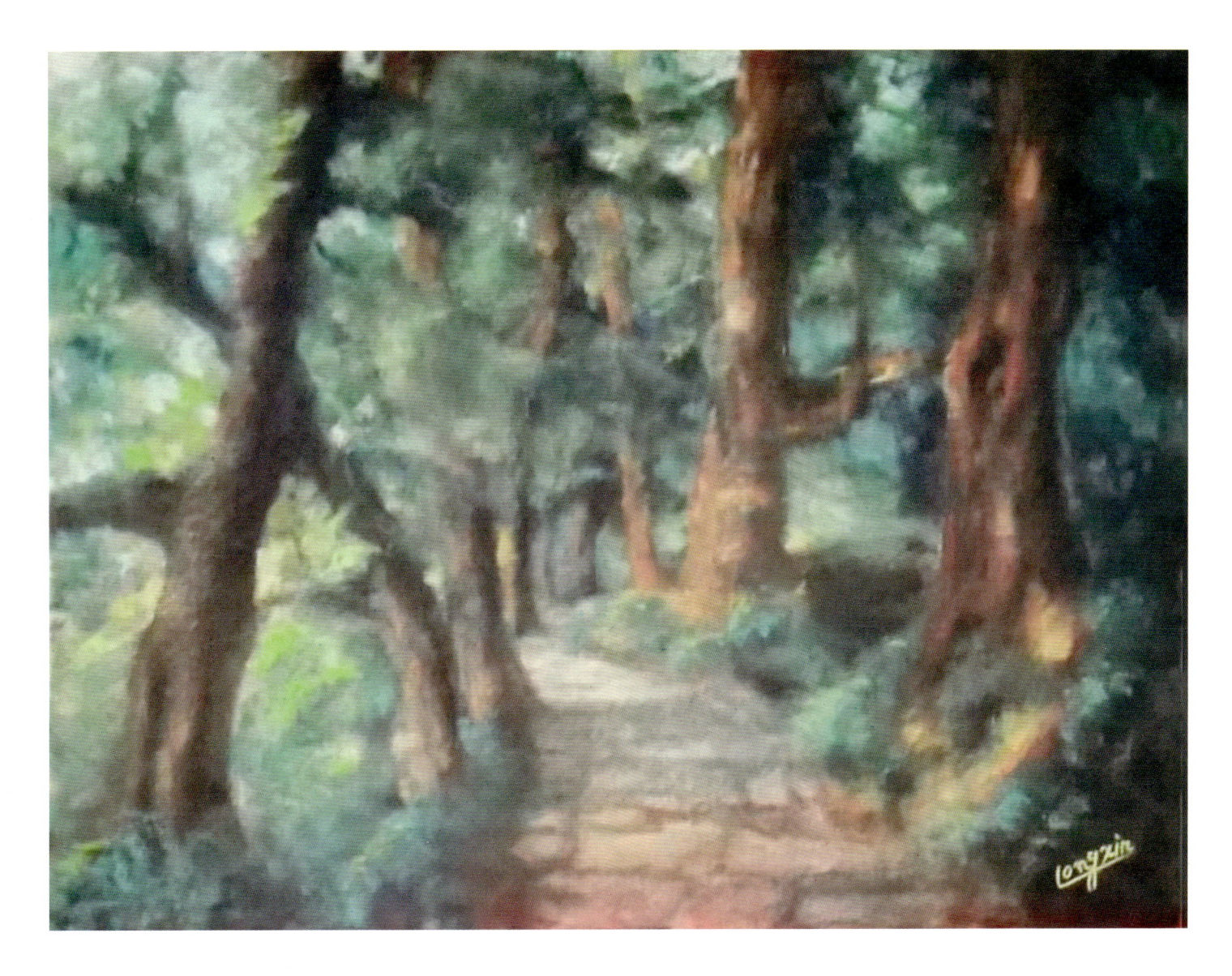

金牛道

30cm×40cm
纸本设色
2023 年

金牛道

30cm×40cm
纸本设色
2023 年

金牛道

30cm×40cm

纸本设色

2023 年

徐 累

1963年3月生。毕业于南京艺术学院中国画专业。中国工笔画学会副会长。主要从事当代工笔画创作，也以装置、影像等作为媒材，兼擅艺术史研究及评论。在传统美学的当代再造方面，他以诗意与观念兼得的样本呈现影响，并参加"第12届威尼斯建筑双年展中国馆""第59届威尼斯双年展国家馆"等国际展事，以及国内许多重要的学术展览。曾在中国国家博物馆、苏州博物馆、北京今日美术馆、马伯乐画廊（纽约/马德里）等机构和画廊举办个展。

世界的重屏

220cm × 300cm
纸本设色
2021—2022 年

千里江山图

65cm×121cm

纸本设色

2023 年

午梦千山

154cm×270cm
纸本设色
2015 年

黑 明

1964年1月生，陕西省延安市人。毕业于天津工艺美术学院。曾任中国青年杂志社摄影工作部主任、中国摄影家杂志社社长。现为中国艺术研究院文学艺术院一级摄影师。出版有《走过青春》《公民记忆》《100年的新窑子》《黑明与1000人对话》《中国的僧人和凡人》等30余种摄影集、随笔、访谈和田野调查等专著。在多个国家举办摄影作品展览。先后两次获得中国摄影艺术金像奖，并获中国当代摄影师大奖，以及"人民摄影家""中国十大摄影师""中国人像摄影十杰"等荣誉称号。入选国家百千万人才工程，享受国务院政府特殊津贴专家。

浪卡子

2003 年

萨迦

2003 年

札囊

2003 年

张晓东

1964年6月生。斋号兼居、谦堂、坤艮堂等。现就职于中国艺术研究院文学艺术院。中国书法家协会会员，中国文艺评论家协会会员，中国收藏家协会会员，中国国家画院研究员，北京李可染画院研究员。中国书法家协会书法媒体联谊会理事，中国书法家协会第六次全国代表大会代表。曾任中央国家机关书法家协会副秘书长、主席团成员。出版有《问道修为——张晓东书作展作品集》《中国当代名家书法集——张晓东》个人作品集和《艺事探赜》学术文集。

《到韶山》团扇

直径 68cm
纸本
2022 年

甲骨文中堂

248cm × 124cm

纸本

2022 年

劉郎已去,又一年,祖生擊楫,至今令人神馳。雞鳴風雨暗,一唱雄雞天下白。

钟山风雨起苍黄,百万雄师过大江。虎踞龙盘今胜昔,天翻地覆慨而慷。宜将剩勇追穷寇,不可沽名学霸王。天若有情天亦老,人间正道是沧桑。

毛泽东七律 人民解放军占领南京
癸卯初春 张晓东书

隶书中堂
248cm×124cm
纸本
2023年

徐晨阳

1966年1月生。中国艺术研究院文学艺术院专职画家，国家一级美术师，美术学博士，硕士研究生导师。本科毕业于南京艺术学院油画专业，获1991年度刘海粟奖学金。1994年获日本文部省奖学金赴日留学，获艺术学硕士和教育学硕士学位。2009年于中国艺术研究院获美术学博士学位。2004年于日本东京获第三十三届"绘画的现在——精锐选拔展"金奖，2017年于丹麦国家历史博物馆获第六届"J.C.雅格布森肖像展"二等奖。先后在中国美术馆、中国香港天趣当代艺术馆、北京新绎空间、北京美丽道国际艺术机构、恭王府博物馆、日本东京一枚的绘画廊、日本上越雁木通美术馆等地举办个人画展27次。

春水——星辰之七

162cm×112cm

布面油画

2019年

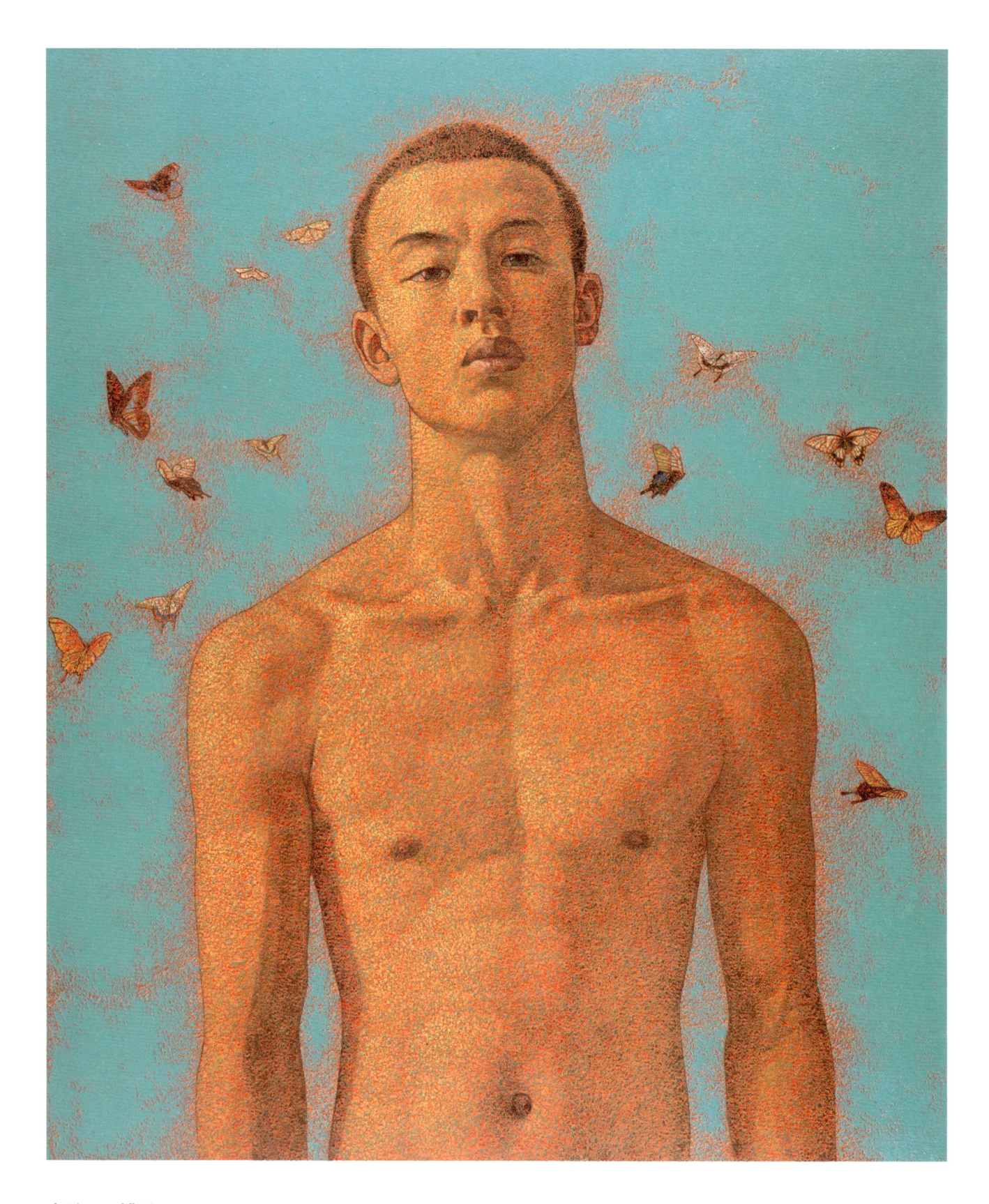

木星——蝶至一

194cm×162cm
布面油画
2015 年

木星——蝶至二

194cm×162cm
布面油画
2015年

崔自默

1967年8月生,河北省深泽县人。艺术史学博士,学者型艺术家,新国学运动主要倡导者,主张"仁爱主义""慢步主义""艺术之精神,科学之思想"。兼任国防大学美术书法研究院院长及多所大学特聘教授,现为中国艺术研究院专职创作员。2012年荣获联合国教科文民间艺术国际组织"文化艺术特别成就奖",2023年荣获国际奥艺委员会"科学与艺术大奖"。受聘担任"中国残奥会爱心大使""北京市慈善基金会形象大使""2012(伦敦)奥林匹克美术大会艺术指导委员会主任委员"。艺术创作范围涵盖书法、篆刻、绘画、雕塑、装置、影像等众多领域。主要著作有《为道日损——八大山人画语解读》《章草艺术》《艺文十说》《自默画荷》《得过且过集》《我非我集》《心鉴》《莲界》《心裁》《视觉场》《般若界》《世界名画家:崔自默》《八大山人全集》《我们是一群智慧的鱼》《艺术沉思录》等。

丹霞，新彩

48cm×38cm

纸本设色

2016 年

华章，新彩

38cm × 48cm
纸本设色
2016 年

看不见的风景

38cm×48cm

纸本设色

2018 年

夏北山

夏冰,字北山。1968年6月生,河南固始人。幼承庭训,毕业于中央美术学院、北京大学,从事书画创作研究。中国艺术研究院中国画名师工作室主任、艺术创作院学术委员会委员、国家一级美术师、研究生导师;农工党中央文化委员会副主任、中央书画院副院长;文旅部青联美术委员会副主任,中国群众文化学会视觉艺术委员会主任,"群星奖""中国艺术节""中国书画艺术之乡"书画评审委员;中国美术家协会会员,中华诗词学会会员。2007年主持的中国画名师工作室研究生班被国家教育部门教学评估为优良(一等奖)。策划多个中国美术与书法展览。出版有《夏北山画集》《中国山水画史略》等。作品曾获奖并被中央美术学院和博物馆收藏。

变化陶冶四言联

180cm×48cm×2
纸本
2022 年

山林 + 黄海大观之一

234cm × 53cm

纸本水墨

2020 年

山林 + 万壑听松之二

234cm×53cm

纸本设色

2019年

王德芳

1968年11月生。1993年毕业于天津美术学院，1996年毕业于中央美术学院花鸟画室，现为中国艺术研究院国画院专业画家，硕士、博士研究生导师，国家一级美术师，中国美术家协会会员，中国女画家协会常务理事，中国工笔画学会理事。国画作品入选1999年全国第二届中国花鸟画展、2004年第十全国美展（天津选送展银奖）、2009年第十一届全国美展、2014年第十二届全国美展、2017年"'文化传承·丹青力量'中国艺术研究院中青年艺术家系列展——护生·王德芳作品展"（中国美术馆，北京）、2019年"中国艺术研究院教育成果展"（中国国家博物馆）、2021年第十一届全国工笔画作品展（中国美术馆）、2022年"百花齐放"当代中国花鸟画大展。

飞翔系列

47cm×101cm×3

纸本设色

2023 年

秀羽珍禽

278cm × 140cm

纸本设色

2023 年

祥瑞锦雀

240cm×120cm

纸本设色

2022 年

崔大中

本名崔庆忠。1969 年 3 月生，山东省蒙阴县人。1990 年考入曲阜师范大学美术系，1994 年毕业，获文学学士学位，并于同年考入中国艺术研究院研究生院攻读美术学专业。1997 年获美术学硕士学位，同年进入中国艺术研究院美术研究所美术理论研究室从事美术理论研究工作。曾任中国艺术研究院艺术培训中心主任兼研究生部常务副主任，艺术品鉴定中心主任。现为中国艺术研究院副研究员，中国美术家协会会员。出版有《中国绘画史·近现代绘画》《现代派美术史话》《表现主义》《抽象派》《山境水情》《世界艺术史·绘画卷》《混沌的明晰——崔大中创作思考及山水画作品》《水墨心象》等，并在国内重要期刊上发表学术论文和美术批评文章数百篇。在从事美术研究的同时，致力于中国山水画的创作。

崇华溢美

136cm×68cm

纸本设色

2005 年

山深藏古寺

198cm × 97cm
纸本设色
2013 年

东山崒华

198cm×97cm

纸本设色

2012年

张爱玲

字怀丹。1969年10月生,山东省博山区人。2000年毕业于中国美术学院艺术设计专业,获学士学位。2006年结业于中国艺术研究院蒋采苹重彩专业研究生课程班,2009年获硕士学位。2012年毕业于中国艺术研究院美术学专业,获博士学位。现为中国艺术研究院文学艺术院专职画家,国家一级美术师,中国美术家协会重彩研究学会理事,中国女子书画会研究委员会常务理事。2017年于北京恭王府博物馆举办"静自出尘——张爱玲绘画展"、2018年于中国美术馆举办"中国艺术研究院中青年艺术家系列展——静逸:张爱玲作品展"等个展。出版个人作品集有《恭王府艺术系列展:静自出尘——张爱玲绘画展第一回》《中国艺术研究院艺术家系列——张爱玲》《中国艺术研究院中青年艺术家系列展作品集——静逸:张爱玲》《中国艺术研究院深入生活、扎根人民写生实践作品集(二)——张爱玲云南写生作品集》等。

版纳之春之一

96cm × 43cm

纸本设色

2017 年

芦拂晨醒

141cm × 80cm

纸本设色

2015 年

毛毛草系列之落叶

117cm×105cm

纸本设色

2013 年

王桂勇

又名三杰。1969年12月生,山东省兖州区人。中国艺术研究院文学艺术院专职画家,硕士研究生导师,中国国家画院油画所研究员,中国美术家协会会员。参加第八届全国画院美术作品展,获优秀(晋京)作品奖;第九届全国体育美术作品展;"丝绸之路·翰墨通渭"第二届全国中国画油画作品展;吴冠中艺术馆全国油画展;全国油画肖像展,作品被收藏;京津冀美术精品展获优秀奖,作品被收藏;法国卢浮宫画展,获法国美协特别奖。2018年分别在中国美术馆、中国国家画院美术馆举办个展。发表理论文章8篇,出版个人美术作品集7部。

老顽童

40cm×30cm
布面油画
2023年

玲珑翠

80cm × 80cm
布面油画
2022 年

欣喜

40cm×30cm
布面油画
2008 年

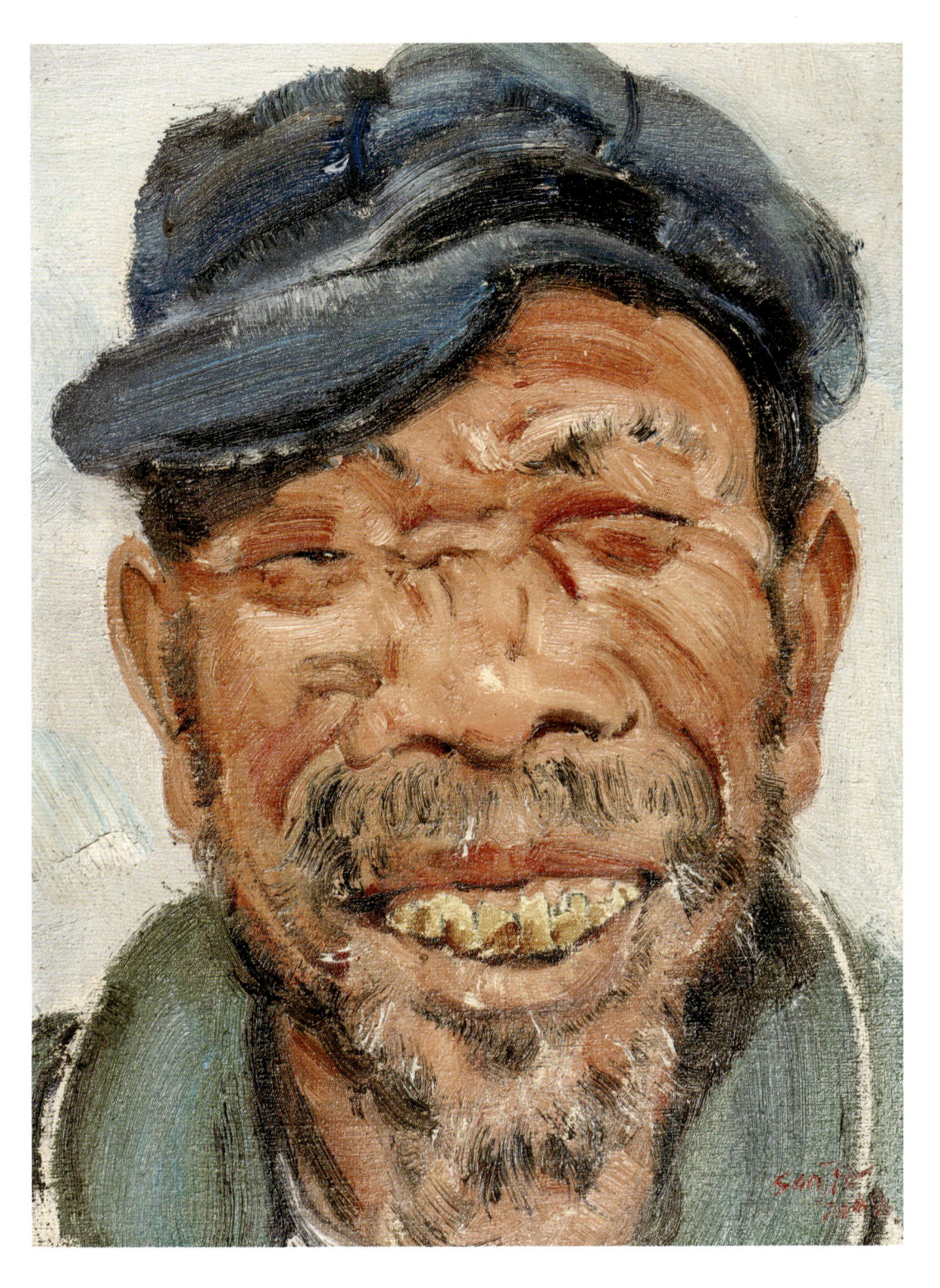

雷 苗

1970 年 3 月生，湖南省长沙市人。1993 年毕业于南京师范大学美术系，获学士学位。2001 年毕业于南京艺术学院美术学院，获硕士学位。2001—2009 年工作于南京书画院。2009 年至今就职于中国艺术研究院文学艺术院，国家一级美术师，中国美术家协会会员。

轻纱三

80.8cm×135.2cm
纸本设色
2014 年

轻纱四

150cm × 138cm

纸本设色

2015 年

百宝箱六

136cm × 106cm

纸本设色

2019 年

徐福山

1970年4月生,山东平度人。北京市朝阳区人大代表,文学博士。现为中国艺术研究院文学艺术院院长、写意画院院长,文化艺术出版社社长。国家一级美术师,中国艺术研究院研究生院博士研究生导师,中国国家画院研究员,南开大学兼职教授,国家艺术基金资助项目评委,中华艺文基金会专家咨询委员会专家,中国美术家协会会员,中华诗词学会会员。主要研究方向:书法、国画及诗词创作。曾受邀在海内外举办个人展览十余场,参加国内外各机构部门展览百余场。作品被人民大会堂、文化部恭王府博物馆、郭沫若纪念馆、梅兰芳纪念馆等机构收藏。出版有《徐福山书画作品集》《文心墨韵——徐福山诗词赏析》《笔墨意象——徐福山书画作品集》《徐福山诗词书法作品集》等。承担国家艺术基金资助项目"笔墨精神·时代华章——中国艺术研究院中国画创作巡回展""黄河文化主题创作";担任国家艺术基金项目主持"中国绘画法国俄罗斯加拿大巡展""文明互鉴——大哉孔子·中国画名家作品欧洲巡展""高等院校师生书画交流平台建设"。

梅花香接千古魂

120cm×240cm
纸本水墨
2022 年

朱竹图

248cm×129cm

纸本设色

2022 年

青松高洁

240cm×200cm

纸本设色

2021 年

潘映熹

1970年11月生。1991年毕业于云南艺术学院舞蹈系；1999年结业于中央美术学院油画系助教研究生课程班；2009年毕业于清华大学美术学院绘画系；2019年结业于中国社会科学院财经系博士课程班。国家一级美术师。现就职于中国艺术研究院文学艺术院。曾任2005届文化部青年联合会委员，2008届中央国家机关青年联合会委员。参加全国艺术硕士优秀作品展、中国油画院首届院展、中国·台北海峡两岸交流展、清华大学美术学院2009级研究生毕业作品展、中法建交50周年女画家作品展、国家艺术基金资助项目"思路艺蕴——中欧女性艺术交流展"、国际女艺术家交流论坛等国内外展览及艺术交流活动。出版有《伟大的复兴——文艺复兴艺术》《潘映熹画集》等。

窗外

50cm×50cm

纸本设色

2015 年

境生

50cm × 50cm
纸本设色
2016 年

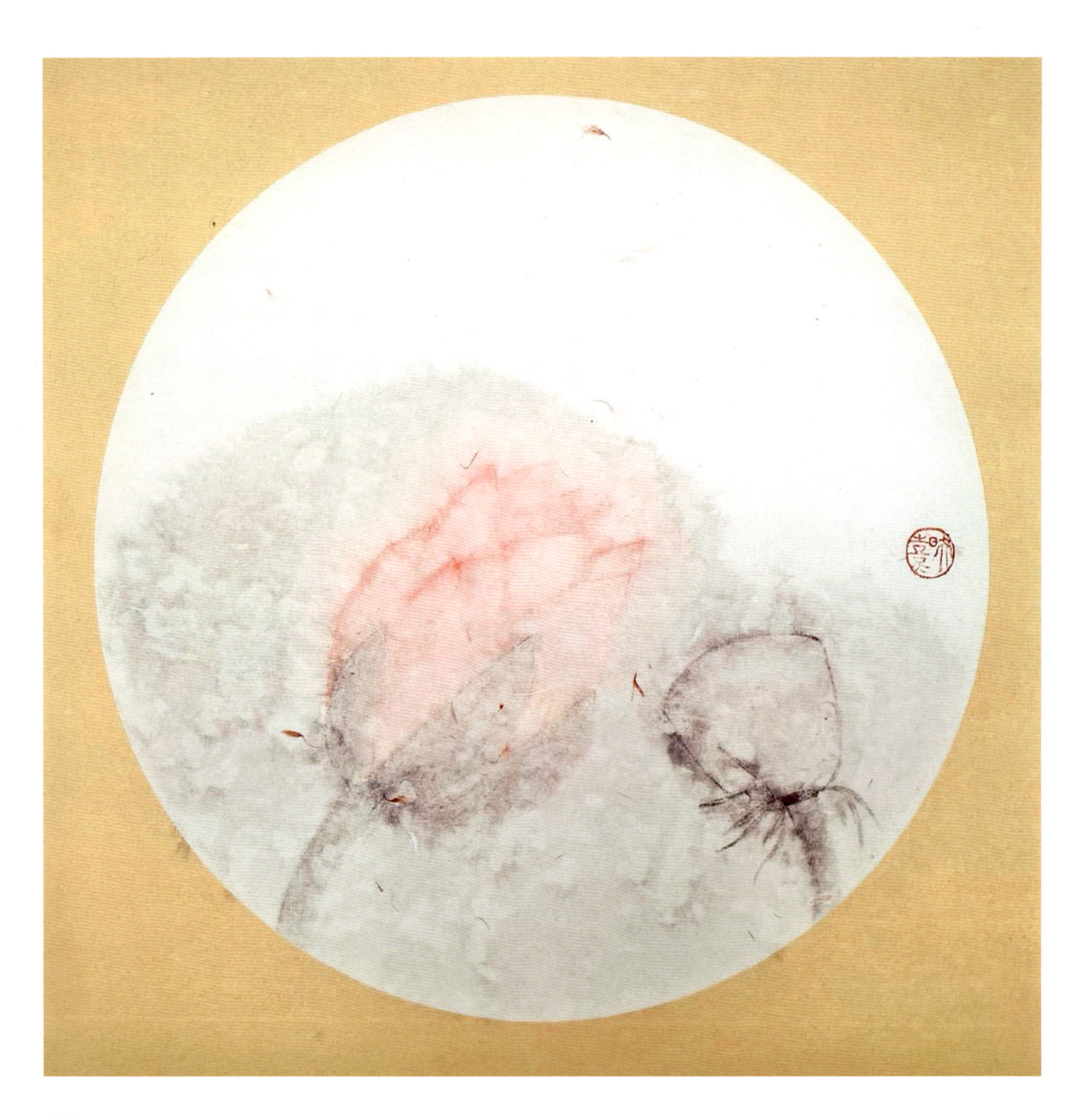

月夜

38cm×38cm

纸本设色

2015 年

郑光旭

1970年12月生,吉林省人。现任民盟中央文化委员会副主任、中国艺术研究院艺术与文献馆馆长,博士研究生导师,俄罗斯艺术科学院荣誉院士,国家一级美术师。国家艺术基金评审专家,国家留学基金管理委员会评审专家,中国美术家协会会员,俄罗斯美术家协会会员,中国国家艺术基金首届基金获得者,俄罗斯美术家协会金质奖章获得者,俄罗斯艺术创作协会金质奖章获得者。

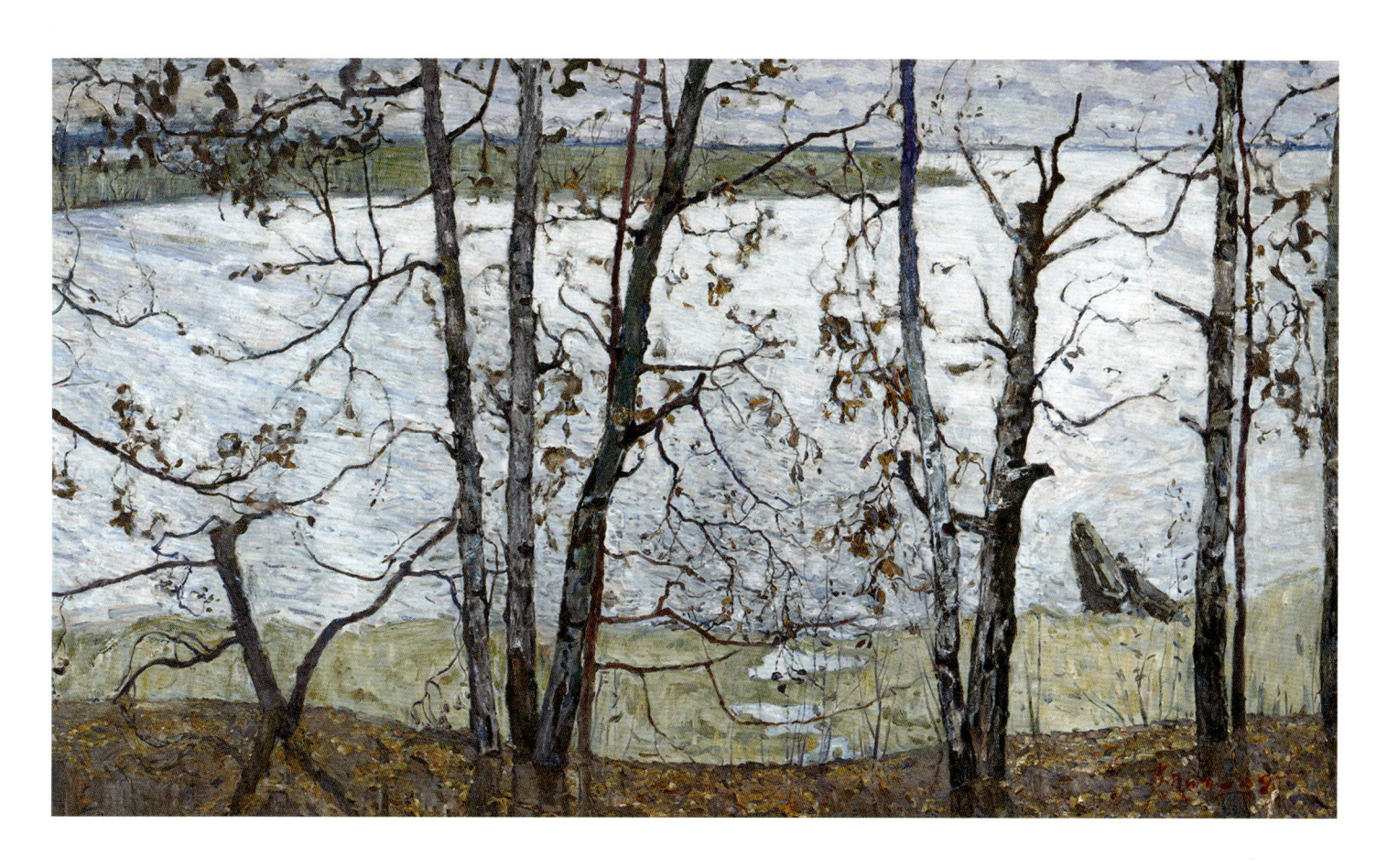

松花江大风景

99cm×179cm
布面油画
2008 年

西藏组画——新年歌声

180cm×230cm

布面油画

2014 年

阳光下的白桦

130cm×180cm

布面油画

2019 年

高 茜

1973年3月生。1995年毕业于南京艺术学院美术系中国画专业,获学士学位。1998年毕业于南京艺术学院美术系中国画专业,获硕士学位。1999年至2013年就职于上海美术馆。2016年毕业于中国艺术研究院美术学专业,获博士学位。现为中国艺术研究院文学艺术院专职画家,国家一级美术师,硕士研究生导师。

花间

235cm×75cm

纸本设色

2017年

林中鸟

69cm×173cm

纸本设色

2018 年

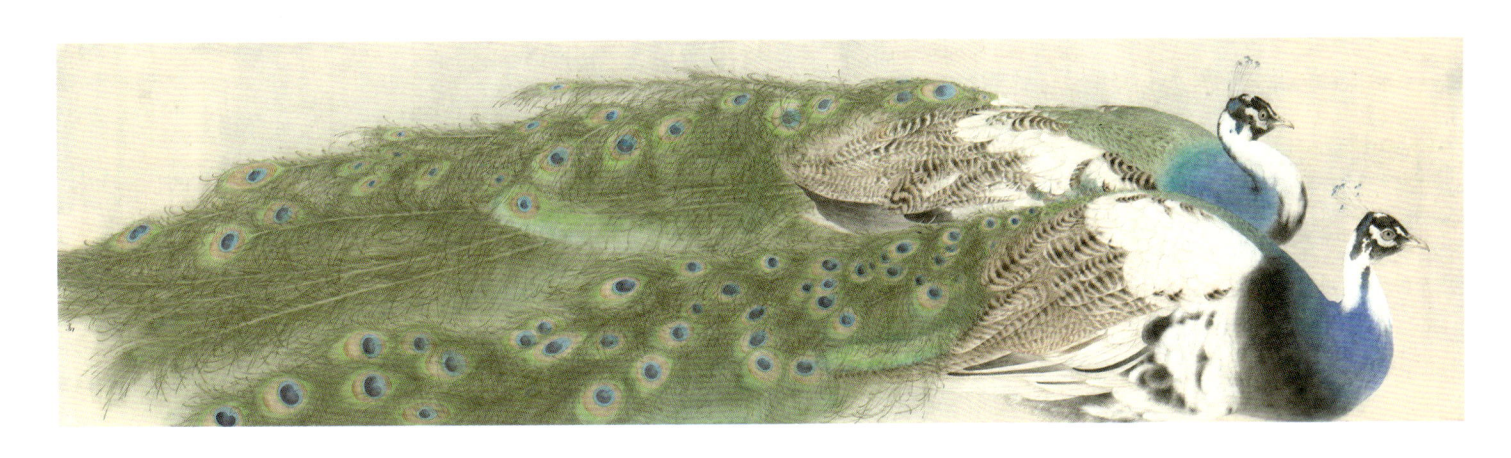

穆穆鸾凤图之二

46cm×173cm

纸本设色

2021年

谢 岩

1973年5月生，祖籍广东省汕头市。本科毕业于中央美术学院油画系，硕士研究生就读于清华大学美术学院。现为中国艺术研究院专职画家，中国美术家协会会员，中国美术家协会插图、装帧艺委会委员，中国林业美术家协会副主席，中国工艺美术家协会书画专业委员会副主任。先后在中国戏曲学院、中央美术学院及中国艺术研究院工作。曾任中央美术学院附中书记兼副校长，中国艺术研究院研究生院美术系负责人。从事美术创作20余年，作品多次参加国内国际各类展览，先后在卢浮宫、克里姆林宫、韩国国家议会大厦、国家博物馆、中国美术馆、太庙、中华艺术宫等重要场馆展出。多篇文章发表在《美术》《美术研究》《北京晚报》《人民日报》《光明日报》等报刊，出版各类画集10余种。

山相

150cm×75cm×3
布面油画
2018 年

岱山图

200cm×150cm

布面油画

2013 年

凌波

150cm×120cm

布面油画

2022年

王晓丽

1973年7月生。1997年本科毕业于中央工艺美术学院（现清华大学美术学院）装饰艺术系，装饰绘画专业。2008年考入中国艺术研究院研究生院，2011年获美术学硕士学位。2012年进入文化艺术出版社工作。2014年进入中国艺术研究院中国非物质文化遗产保护中心工作。2016年进入中国艺术研究院文学艺术创作研究院（现文学艺术院）工作。国画创作以中国花鸟画见长；理论研究侧重于晚明文人画陈洪绶个案研究。

荷塘清境 1

44cm×64cm

纸本设色

2012 年

荷塘清境 2

44cm×64cm
纸本设色
2012 年

荷塘清境 3

44cm×64cm

纸本设色

2012 年

吴成伟

1973年12月生，辽宁省沈阳市人。1997年毕业于沈阳师范大学美术学院油画专业。现为中国艺术研究院文学艺术院专职画家，中国写实画派成员。举办吴成伟个展，参加"大美寻源"中国艺术研究院创作院精品展、中国艺术研究院创作大展、美丽塞罕坝全国名家写生作品展、"家国情怀 奋斗青春"当代百位青年艺术家美术精品展、"中华意蕴 圣地之光"——中国中青年写实油画邀请展、庆祝建党100周年红色太行行：中国油画名家笔下的西柏坡写生展、中国写实画派十七周年展、"真实的深度"2021年中国写实画派17周年、庆祝上海合作组织成立20周年"艺无界 心相通"国际作品展、中国写实画派第一届素描大展等多个展览。

枇杷语

60cm×50cm

布面油画

2021 年

青葱岁月

110cm×60cm
布面油画
2022 年

岁月静好

110cm×110cm
布面油画
2022 年

陈 平

1974年10月生。2001年毕业于清华大学美术学院绘画系，研究生学历、文学硕士学位，2012年于中央美术学院版画系进修。中国艺术研究院文学艺术院专职画家、国家一级美术师。曾编绘、出版绘本，举办个展，参加众多国内外重要专业展览并获奖。作品及文章刊登于诸多艺术画集、国家级艺术类核心刊物，"学习强国"、《人民日报》、《光明网》、《艺术市场》杂志、"今日头条"等媒体平台，收录个人专辑，作品被中国美术馆等机构收藏。

眯眯鼠与喵先生——插图1

54cm×83cm

纸本设色

2023 年

眯眯鼠与喵先生——插图 2

51cm×70cm

纸本设色

2023 年

笑天下可笑之人

笑天下可笑之人

50cm×67cm

纸本设色

2023 年

邹 操

1975年4月生。硕士研究生毕业于东北师范大学美术学院，博士研究生毕业于吉林大学哲学社会学院，中央美术学院博士后。曾执教于中央美术学院，现就职于中国艺术研究院文学艺术院，同时受聘于北京大学艺术学院，东北师范大学美术学院客座教授、博士研究生导师。中国当代艺术家、艺术理论家。艺术创作涉猎于绘画、装置、影像、科技艺术及"社会雕塑"等众多领域。先后在中国北京、上海、香港、台湾等地，以及美国、德国、奥地利、韩国等国举办个人画展和群展，并入选第54届、第57届威尼斯双年展，受到国际艺术界的广泛关注。

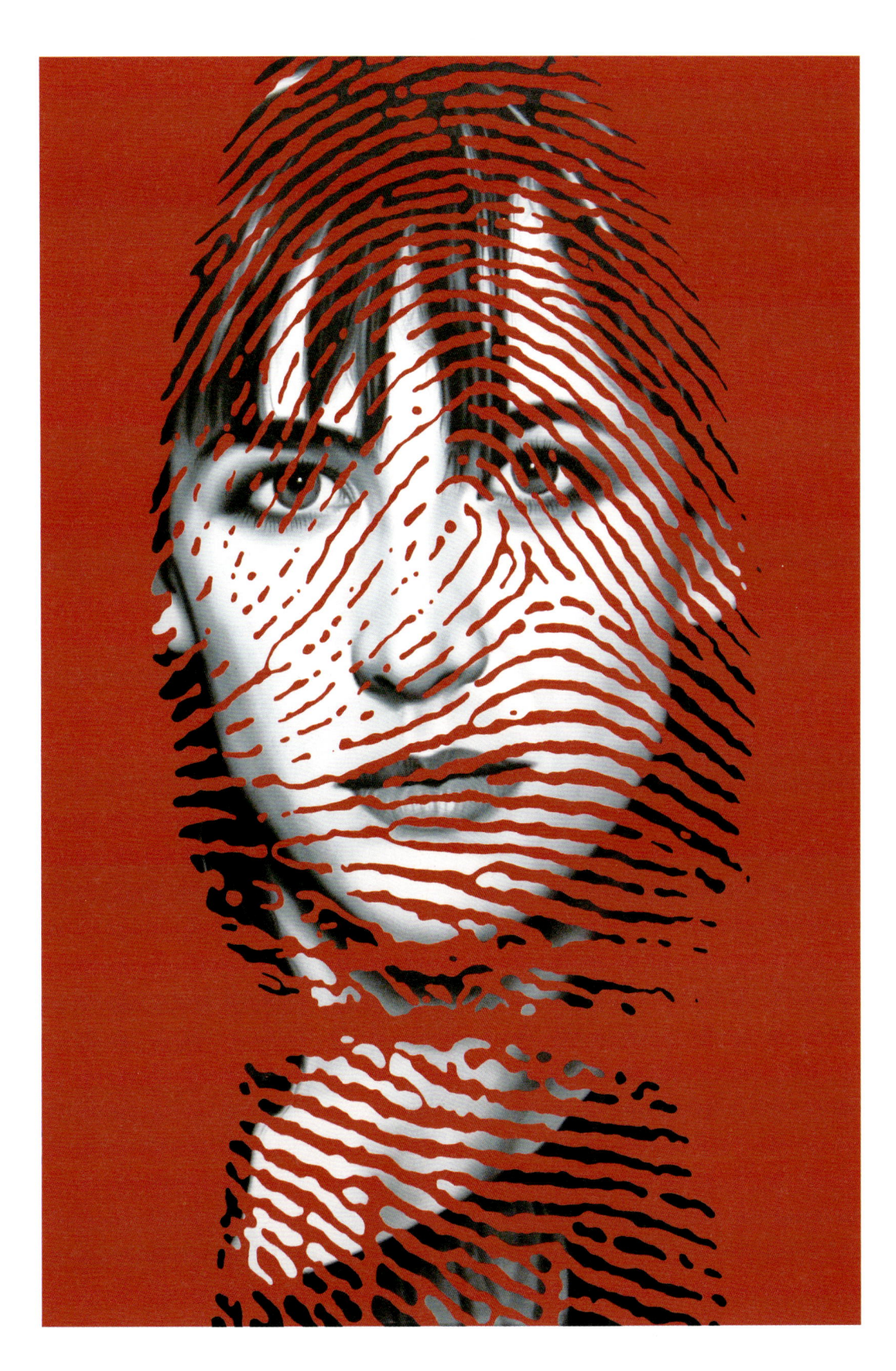

绝代佳人——苏菲·玛索

300cm×200cm
布面油彩
2008 年

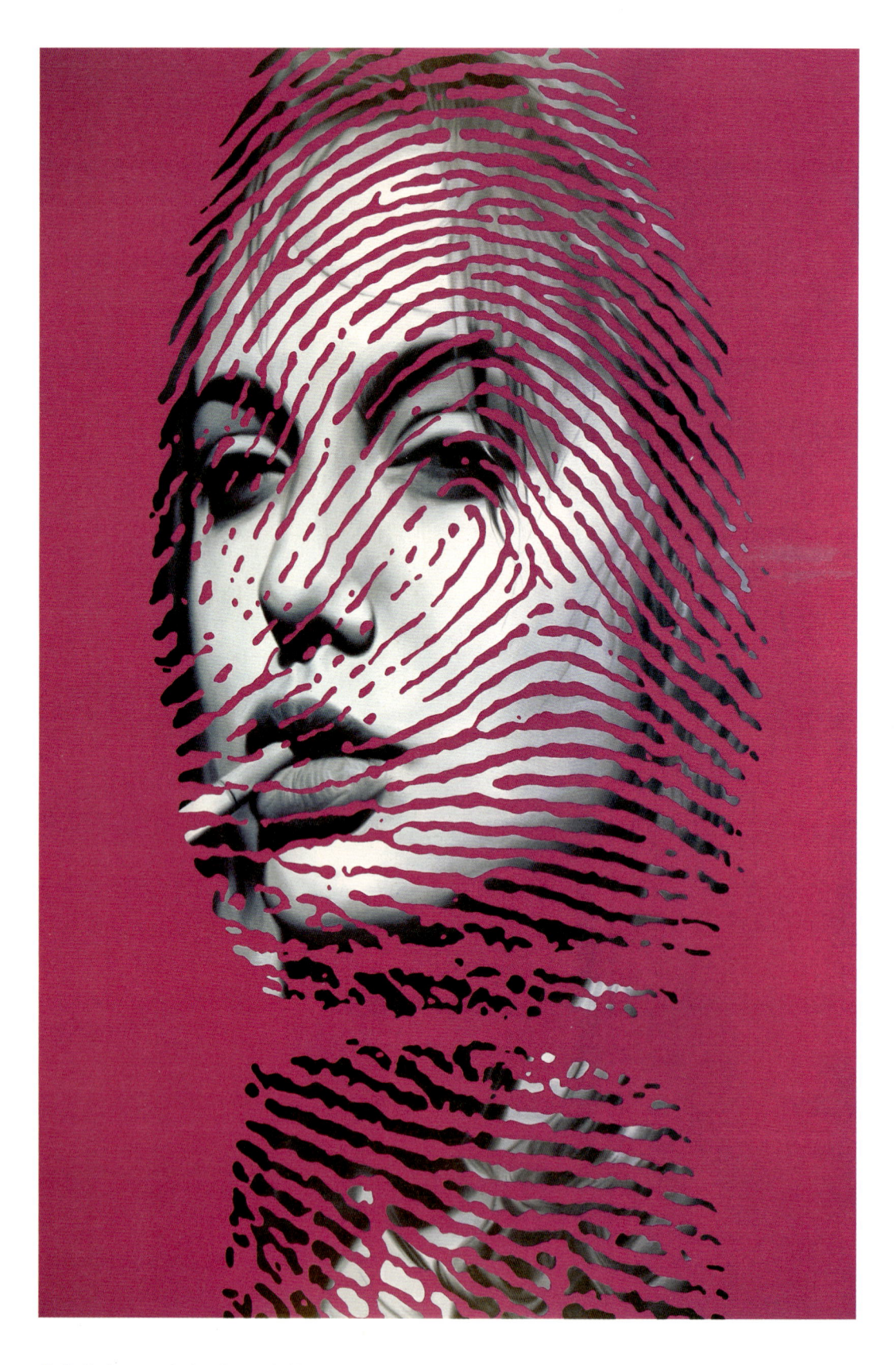

绝代佳人——安吉丽娜·朱莉

300cm×200cm

布面油彩

2008 年

绝代佳人——奥黛丽·赫本

180cm×180cm

布面油彩

2008 年

陈亚莲

1976年2月生。毕业于曲阜师范大学，中国美术家协会会员，现为中国艺术研究院文学艺术院美术创作员，曲阜师范大学美术学院兼职教授，国家级美术师，擅长重彩水墨中国画。十年深入藏区写生创作，曾于人民大会堂、中国美术馆、中国民族博物馆举办个人画展，多次受邀参加全国性大型展览，作品曾获第三届首都艺术博览会特等奖、国际艺术博览会国画组一等奖，并被中南海紫光阁、中国美术馆等处收藏。

生命的曙光

143cm × 239cm

纸本设色

2005 年

天路

223cm × 205cm

纸本设色

2009 年

雅鲁藏布江

230cm×145cm
纸本设色
2015年

姜鲁沂

1976年11月生,山东省人。1998年毕业于山东师范大学美术系,获美术教育学学士学位;2001年毕业于首都师范大学美术系工笔重彩人物画专业,获硕士学位;2006年毕业于英国邓迪大学艺术设计学院,获硕士学位。中国美术家协会会员。现就职于中国艺术研究院文学艺术院。作品参加中国百家金陵画展(中国画)、第十二届"中国艺术节"全国优秀美术作品展、第六届全国画院美术作品展、第六届全国青年美术作品展等展览;参加首届"黄宾虹奖"全国高等美术院校中国画新秀作品展,获"黄宾虹金华奖"。

被禁锢的云和热气球

60cm×40cm

绢本设色

2021 年

四月

40cm×30cm

纸本设色

2021 年

一叶知秋

65cm×53cm

纸本设色

2021 年

席丹妮

1977年3月生。2001年本科毕业于中央美术学院油画系第四画室，2009年硕士研究生毕业于中央美术学院油画系第四画室。现就职于中国艺术研究院文学艺术院，三级美术师。曾举办个展：2019年"费家村"（深圳谷仓当代艺术空间），2018年"聚合物"（南京问像空间），2017年"密码"（复言社），2016年"无名泉"（798红鼎画廊），2014年"鸡毛"（上舍画廊）等；近年参加群展：2022年"遇见·预见——当代艺术藏家推荐展"（博乐德艺术中心），2022年"信·息"（蔡锦空间），2022年"柳浪"（企东堂），2020年"针线活"（ZAP空间），2020年"世界给了我们一些什么之后"（词业空间），2020年"万物静默如迷"（桥舍画廊），2019年"原子偏移"（禹廷艺术馆），2019年"直到石头开花"（望远镜空间）等。

绿帽子

40cm×30cm
布面油画
2015 年

地衣

100cm × 120cm

布面油画

2017 年

山坡

50cm×60cm
布面油画
2016 年

张谢雄

1977年7月生，福建省周宁县人。2010年毕业于俄罗斯列宾美术学院。现就职于中国艺术研究院文学艺术院。中国留俄（苏）美术家校友会理事，俄罗斯美术家协会会员，中国欧美同学会会员。作品被中国美术馆、中国艺术研究院、俄罗斯艺术科学院等国内外机构收藏。2010年3月，参加俄罗斯圣彼得堡举办的"国际美术家双年展"，作品获一等奖。2013年10月，西泠印社在杭州举办"张谢雄作品展"。2018年1月，西泠印社、意大利佛罗伦萨市政府在但丁美术馆共同举办"张谢雄作品展"。同年1月，参加"美丽塞罕坝"主题创作活动，作品在中国国家博物馆展出。2020年，作品刊登于《人民日报》美术副刊。2022年4月，作品在中国美术馆展出并被收藏。2022年9月，中国美术馆筹集8幅作品赴乌兹别克斯坦参加"丝绸之路"上合组织成员国首脑峰会，作品被乌国永久收藏陈列。

雪山下的草原

100cm×120cm
布面油画
2021 年

高岭的秋天

60cm×80cm

布面油画

2022 年

最美四月天

80cm×100cm
布面油画
2023 年

陈萌萌

1979年12月生，江苏省高邮市人。先后毕业于南京艺术学院、中国艺术研究院研究生院。中国当代美术批评及书法创作双硕士。曾任中国驻菲律宾使馆文化外交官。2022年在深圳美术馆举办"有限无间"个人作品展；书法作品曾入选第七届全国画院美术作品展，出版个人作品集数部，并先后发表学术文章若干；作品被中国国家画院、中国艺术研究院、菲律宾外交部等众多中外机构收藏。

厄者人之本也，锋者厄之属也。厄欲减一才真显。上求贤，毕其功而志曰下求，咸戒其事而意满不知惕。上下难合也。仁者不逐其名，人贵，晋唯者不恋其信，明弃焉，勇力者不争其锋，勇锐敛焉。生之性难，何足道哉。

曰安同教解厄篇藏锋篇 辛丑毛昂

藏锋
70cm×50cm
纸本
2022年

正念

30cm×120cm

纸本

2023 年

151

陆　璐

1983年4月生。2006年获中央美术学院水墨人物方向学士学位，2010年获中央美术学院中国画学院水墨人物画创作研究方向硕士学位。2010年就职于中国艺术研究院美术研究所，2018年在中国艺术研究院文学艺术院任专职画家。作品《新村·新春》参加2022北京798艺术节"丹青新时代　礼赞新征程"主题展；同年，作品参加中国艺术研究院举办的青年艺术家推荐计划(第二批)个展线上展；2010年，《重新绽放》入选"爱我中华——资助百万空巢老人关爱志愿服务行动"优秀书画作品展，作品《安得广厦》获中央美术学院2010届硕士研究生毕业展优秀创作奖。

安得广厦

200cm×314cm

纸本设色

2010年

新村·新春

248cm×129cm
纸本设色
2011年

生如夏花

185cm×85cm

纸本设色

2013年

孟 丽

1985年8月生。2013年毕业于俄罗斯列宾美术学院油画系，获硕士学位。2019年入选中国美协中青年美术家海外研修工程，赴亚美尼亚访学。现为中国艺术研究院文学艺术院专职画家、俄罗斯美协会员、美国肖像协会会员。《新娘》获俄罗斯列宾美院创作嘉奖；《提子与山竹》获美国肖像协会国际专业组优胜奖；《戏曲肖像作品》获中国书画世界行金百合金奖；《中国戏曲故事连环画丛书》获中华印制大奖金奖。先后在北京、夏威夷、澳门举办个人作品展。出版有《积贤为道——孟丽撷英集》《中国戏曲故事连环画丛书》《亚美尼亚读绘笔记》。

村支书

100cm×80cm

布面油画

2022 年

养骆驼的人

80cm×60cm

布面油画

2021 年

养骆驼的人

80cm × 60cm
布面油画
2021 年

边 涛

1986年2月生，山东省淄博市人。本科毕业于首都师范大学美术学院油画系，硕士研究生毕业于中央美术学院油画系第一工作室。现为中国艺术研究院文学艺术院专职画家，国家二级美术师。曾参与国家重大题材美术作品项目创作，《高铁进山了》入选文化和旅游部国家主题性美术创作项目并被中国美术馆收藏，《生命母亲河　黄河玛曲河道》入选文化和旅游部黄河文化主题美术作品创作项目，《霞染千峰》被人民日报社收藏，《人工智能——猴》被中国版画博物馆收藏。在《美术》杂志、《新疆艺术学院学报》发表论文及多件作品。

卫士

120cm×70cm
布面油画
2010 年

望山

128cm×800cm
布面油画
2023 年

生命

120cm × 80cm

布面油画

2010 年

于新华

1986年3月生,黑龙江省人。2018年毕业于清华大学美术学院,获硕士学位。现就职于中国艺术研究院文学艺术院。国家三级美术师,中国美术家协会会员。2022年8月,作品《古堡》代表中方美术家参加上海合作组织成员国知名美术家作品展,乌兹别克斯坦撒马尔罕市展出并永久收藏陈列。作品入选中国美术馆贺岁大展——中华民族大团结全国美术作品展、中国精神——第四届中国油画展(写实展)、第一届全国大学生美术作品展、第二届(宁波)综合材料绘画双年展、第二届"香凝如故"全国美术作品展、第十三届艺术节全国优秀美术作品展、2022新时代首都美术作品展、"美在致广"——全国小幅美术作品展、第八届全国画院美术作品展等全国性展览。

古韵·记忆中的年味

200cm×133cm

布面油画

2018—2023 年

泊船落雪

150cm×160cm
布面油画
2016 年

筑梦者·平凡的一天

155.5cm×203cm

布面油画

2010年

王 霄

1986年7月生,山东省济南市人。本科、硕士研究生毕业于中央美术学院,现为中央美术学院在读博士研究生,中国艺术研究院文学艺术院专职画家、国家二级美术师、北京工笔重彩画会理事、中国美术家协会会员、中国工笔画学会会员、中国女画家协会会员。主要创作方向为以传统水墨媒介为主的水印木刻版画、工笔画创作。作品曾获第七届观澜国际版画双年展荣誉作品奖、第二十届全国版画展中国美术奖提名奖、第十二届全国美展获奖提名、2019两岸青年版画艺术创作奖、首届山西灵石国际版画双年展年轻艺术家奖等奖项。公共收藏包括中央美院美术馆、中国版画博物馆、黑龙江省美术馆、浙江省美术馆、江苏省美术馆、今日美术馆、深圳美术馆、关山月美术馆等。

虎与蔷薇

120cm×99cm
布面油画
2022 年

水的叙事诗 No.1

45cm×143cm

水印木刻

2022 年

水的叙事诗 No.2

49cm×147.5cm

水印木刻

2023 年

水的叙事诗 No.3

45cm×120cm

水印木刻

2022 年

水的叙事诗 No.4

45cm×127.5cm

水印木刻

2022 年

坠梦 A

88cm×67cm×2
布面油画
2017 年

皋 翱

1986年生，上海市人。2002年以专业第一名考入中央美术学院附中，2006年专业保送考入中央美术学院，2010年毕业于中央美术学院油画系第四工作室，2014年中央美术学院油画系第四工作室硕士研究生毕业。现为中国艺术研究院文学艺术院专职画家。

Lady + Red + No.1

210cm × 105cm

布面油画

2021 年

更衣室之脆弱私密之一

210cm×110cm
布面油画
2019年

更衣室之脆弱私密之二

210cm×110cm

布面油画

2021 年

何梦琼

1988年1月生。中央美术学院中国画学院工笔人物专业学士、硕士,英国伦敦艺术大学硕士。现为中国艺术研究院三级美术师,中国美术家协会会员、中国工笔画学会会员。《岜沙汉子》荣获2014年第十二届全国美术作品展优秀奖;《祈愿》入选2015年第五届全国青年美术作品展、2022年第九届北京国际美术双年展,收藏于中国美术馆;《祈愿Ⅱ》入选2019年"第十三届全国美术作品展";《小骑手》入选2022年"第七届全国青年美术作品展"。

小骑手

150cm×190cm

纸本设色

2021 年

祈

59cm×29cm

纸本设色

2020年

岜沙汉子

220cm×150cm

纸本设色

2011年

李思璇

1988年2月生,辽宁省大连市人。2011年毕业于天津美术学院油画系,获学士学位。2016年毕业于中央美术学院油画系,获硕士学位。现就职于中国艺术研究院文学艺术院,国家三级美术师。

梦里祖源

50cm×60cm
布面油画
2022 年

初夏的绿色序曲

80cm × 60cm

布面油画

2023 年

绽放中国红

80cm×60cm

布面油画

2022 年

戚鑫宇

1988年2月生。中国艺术研究院创作人员。2014年就职于中国艺术研究院，先后在油画院、文学艺术创作院、创作管理处工作。作品被中国艺术研究院、中国美术馆、遵义美术馆等机构收藏。

古寨细雨

40cm×60cm

布面油画

2020 年

西柏坡小景

50cm×70cm
布面油画
2021 年

延河新绿

30cm×60cm
布面油画
2023 年

于 瑜

1989年11月生，山东省青岛市人。2013年毕业于中央美术学院中国画学院，获学士学位。2020年毕业于中国艺术研究院，获硕士学位。现就职于中国艺术研究院文学艺术院。创作方向为传统资源的当代转化。作品活跃于各种学术展览并被机构和个人收藏。

作为生命的绢—5

42cm×80cm

绢本抽丝

2017 年

作为生命的绢—13

60cm × 60cm × 6cm
绢本抽丝
2020 年

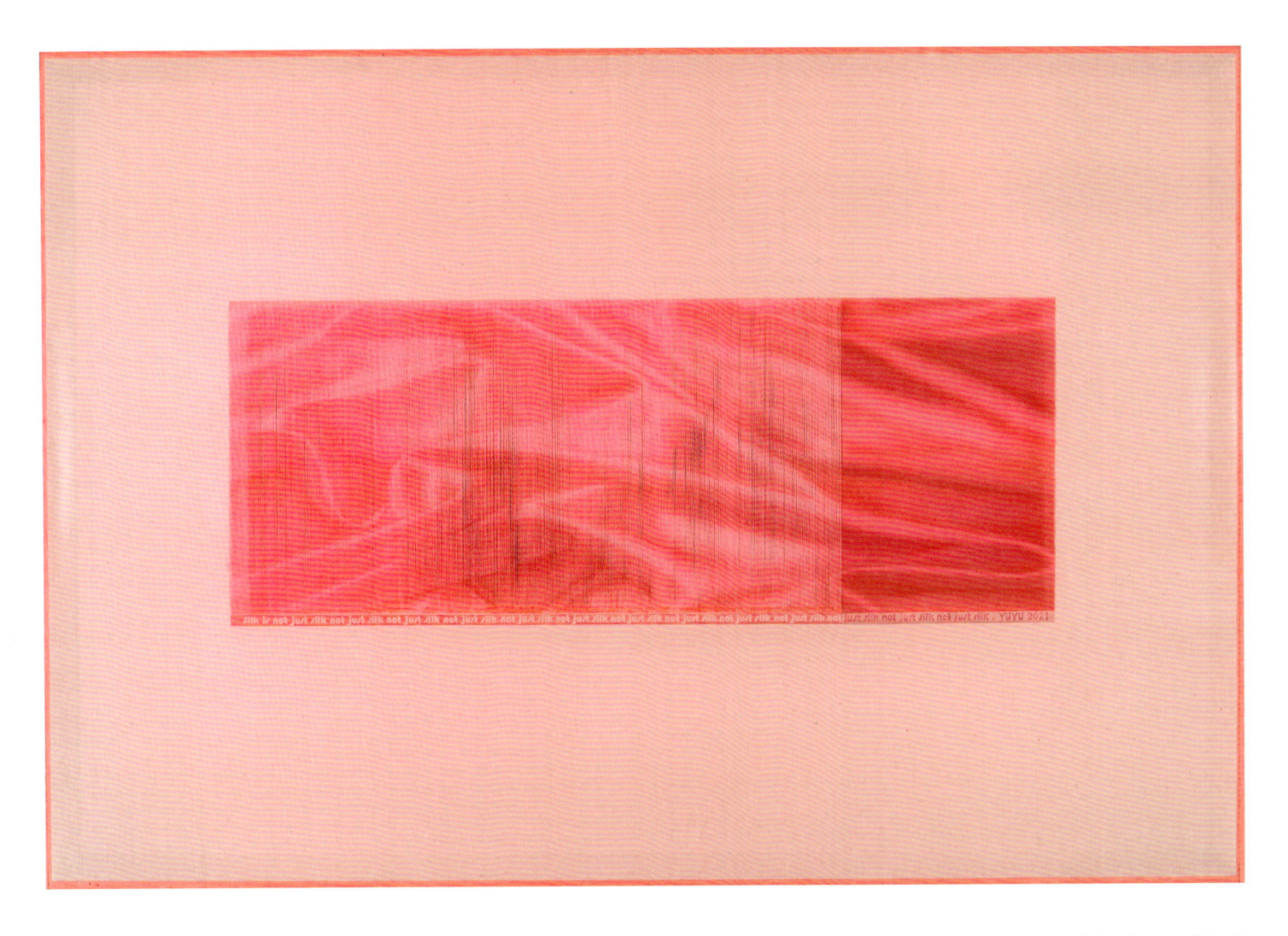

Not just silk-2

80cm×180cm×6cm

绢本抽丝

2021 年

孙逸文

1991年生，辽宁省沈阳市人。北京美术家协会会员，国家三级美术师。现就职于中国艺术研究院文学艺术院，从事专职艺术创作。2013年毕业于中央美术学院油画系，获文学学士学位，同年获中央美术学院研究生奖学金全额资助。2016年毕业于中央美术学院造型学院基础部，获艺术学硕士学位。2018年获国家艺术基金青年艺术创作人才项目资助。2022年获国家艺术基金美术创作项目资助。曾参加第三届造型艺术新人展、"美育芳草"中央美术学院造型艺术传承展、挖掘发现——中国油画新人展、靳尚谊基金会青年画家新锐展等重要展览，作品被中国艺术研究院、中央美术学院美术馆、辽宁美术馆等重要艺术机构收藏。

蛇

130cm × 120cm
布面丙烯
2018 年

天外来客

130cm × 120cm

布面丙烯

2018 年

异度入侵

130cm × 120cm
布面丙烯
2018 年

陶艺与漆艺

朱乐耕

1952年12月生。中国艺术研究院文学艺术院名誉院长，教授，博士研究生导师，中国陶瓷艺术大师，第十一、十二、十三届全国政协委员，中国文化产业协会副会长，享受国务院政府特殊津贴专家。2012年获文化部"非物质文化遗产薪传奖"，2013年获中国艺术研究院"中华艺文奖"。曾在中国、新加坡、韩国、美国、法国、德国等国家举办个人陶艺展。多年来，其努力推动具有中国哲学内涵的当代陶艺创作，尤其是在当代环境陶艺的创作上卓有建树，不少大型的陶艺作品置放在韩国首尔、济州岛，中国的上海、天津、九江等城市的重要建筑和公共空间中，成为该城市重要的人文景观之一。

莲之镜像　局部03

尺寸可变
陶瓷
2023 年

荷莲韵　局部01

尺寸可变
陶瓷
2023年

生命之情境——廊桥系列

380cm × 380cm × 285cm

陶瓷

2018 年

姜 波

1961年1月生。景德镇陶瓷大学雕塑专业毕业，获学士学位；俄罗斯列宾美术学院雕塑系研究生毕业，获硕士学位。现任中国艺术研究院文学艺术院教授、博士研究生导师、院教学指导委员会委员。兼任泰国乌隆他尼皇家大学博士研究生导师、中国国际茶器具文化委员会副主席。2008年获"中国当代中青年雕塑家作品展"一等奖、2015年获"中国工艺美术百花奖"金奖、2015年获"中国第五届陶瓷作品'大地奖'"金奖、2015年获中国工艺美术"华艺杯"金奖、2016年获"中国装置艺术三十年——最具影响力的30件装置艺术作品"。在中国美术馆等全国及国际主要展馆举办个展，2019年参加第31届意大利威尼斯艺术双年展平行展、2022年参加法国巴黎卢浮宫当代艺术展、2023年参加第二届意大利德西奥双年展。出版个人作品集8部。

视域——迁途系列 No.28

尺寸可变
陶瓷、亚克力
2018—2020 年

融境·中国婴戏系列之一

60cm×28cm×20cm

陶瓷

2015 年

融境·中国婴戏系列之二

60cm × 28cm × 20cm
陶瓷
2015 年

高振宇

1964年8月生，江苏省宜兴市人。1993年硕士研究生毕业于日本东京武藏野美术大学。中国艺术研究院研究员。举办东京UNAC沙龙"青春的瓷器"、中国美术馆"高振宇陶瓷艺术展"、东京三越画廊"青春的瓷器展"、海峡两岸陶艺作品交流展、中国美术馆"玉出昆岗——高振宇陶艺展"等个展，参加东京"中国陶艺家五人展"、台湾历史博物馆"国际陶艺双年展"、中国工艺美术大师及教授展、顾景洲及其弟子作品展、中国美术馆"东亚国际陶艺展"、韩国首尔"中日韩三国陶艺展"、景德镇国际陶艺展、澳门科技大学"内地与澳门陶艺绘画音乐交流展"等展览。

泥洹花器

高 50cm × 直径 20cm

粗陶

2023 年

走泥纹钵

高 31cm × 直径 41cm
粗陶
2023 年

走泥纹垒

高 19cm× 直径 51cm

粗陶

2023 年

李　芳

1982年11月生。2016年毕业于中国艺术研究院美术设计专业。研究方向为陶瓷艺术创作与理论研究，获博士学位。现就职于中国艺术研究院文学艺术院。国家二级美术师，中国工艺美术协会会员，中国设计师协会会员，东亚陶艺协会会员。多年来从事设计与陶瓷艺术教学，致力于民族艺术与设计等实践活动。

立
75cm×55cm×35cm
陶瓷
2023 年

孥

70cm×52cm×35cm
陶瓷
2023 年

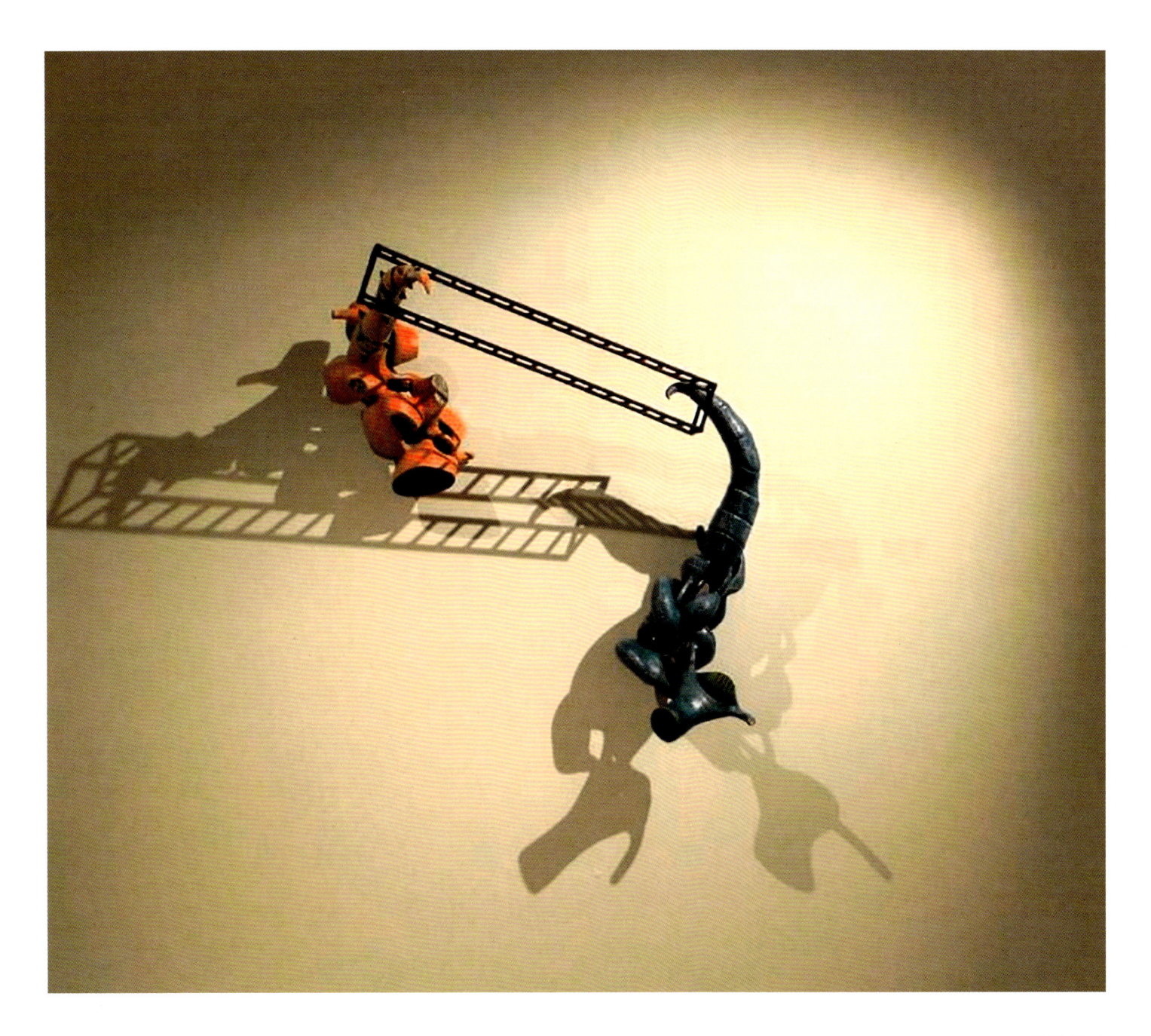

进退求己

尺寸可变
陶瓷
2023 年

舞台表演与创作

李祥章

1951年6月生。国家一级演奏员，获得国务院政府特殊津贴的著名二胡演奏家。自中国艺术研究院文学艺术院成立以来，即在此任职，直至退休。创作并演奏的两部交响大型二胡协奏曲《故土》《母亲》先后荣获海军文艺金奖、全军新文艺作品奖、"五个一工程"作品奖。创作并演奏的二胡独奏曲《家乡新曲》《赶集路上》《乡村的欢笑》《故乡行》《洞庭情思》等曲目列为二胡考级教材并在中央广播电台、中央电视台经常播放。中央电台曾以《炽热的生活情趣，浓郁的乡土气息》长达一个小时专题介绍李祥章在二胡创作和演奏的艺术成就。多次作为文化代表团演奏家出国访问，为宣传中国的民族音乐做出了贡献。三次荣立三等功并被授予优秀文艺工作者称号。

2021年,交响大型二胡协奏曲《母亲》演出现场

2021年，交响大型二胡协奏曲《故土》演出现场

2021年，交响大型二胡协奏曲《故土》演出现场

吴玉霞

1959年10月生。中国艺术研究院创作委员会委员、博士研究生导师、国家一级演奏员，中宣部"文化名家"暨"四个一批"人才，中国民族管弦乐学会会长，中国音乐家协会琵琶学会会长。第十、十一、十二届全国政协委员，全国三八红旗手，中国文联各文艺家协会德艺双馨优秀文艺工作者，享受国务院政府特殊津贴专家，民族器乐表演艺术研究学者。出版专著《我的琵琶行》《吴玉霞琵琶教学曲精选》等；发表论文《我的舞台——演奏者的触点与立点》《刘德海琵琶艺术探源与思考》《从"妙音天舞"看琵琶艺术的跨界式创新》等；专辑《千秋颂》《玉鸣东方》《珠落玉盘》《律动》等；创作《律动》《风戏柳》《素描》等；首演《春秋》《古道随想》《妙音天舞》《茶歌》《云影》等。20世纪80年代至今，曾在国内外成功举办个人独奏音乐会数百场。

1999年1月，吴玉霞与中央民族乐团管弦乐队在维也纳金色大厅演奏琵琶协奏曲《春秋》（唐建平作曲），指挥：陈燮阳

2018年，吴玉霞在国家大剧院做艺术美育普及专题讲座《艺术的审美与表达》现场

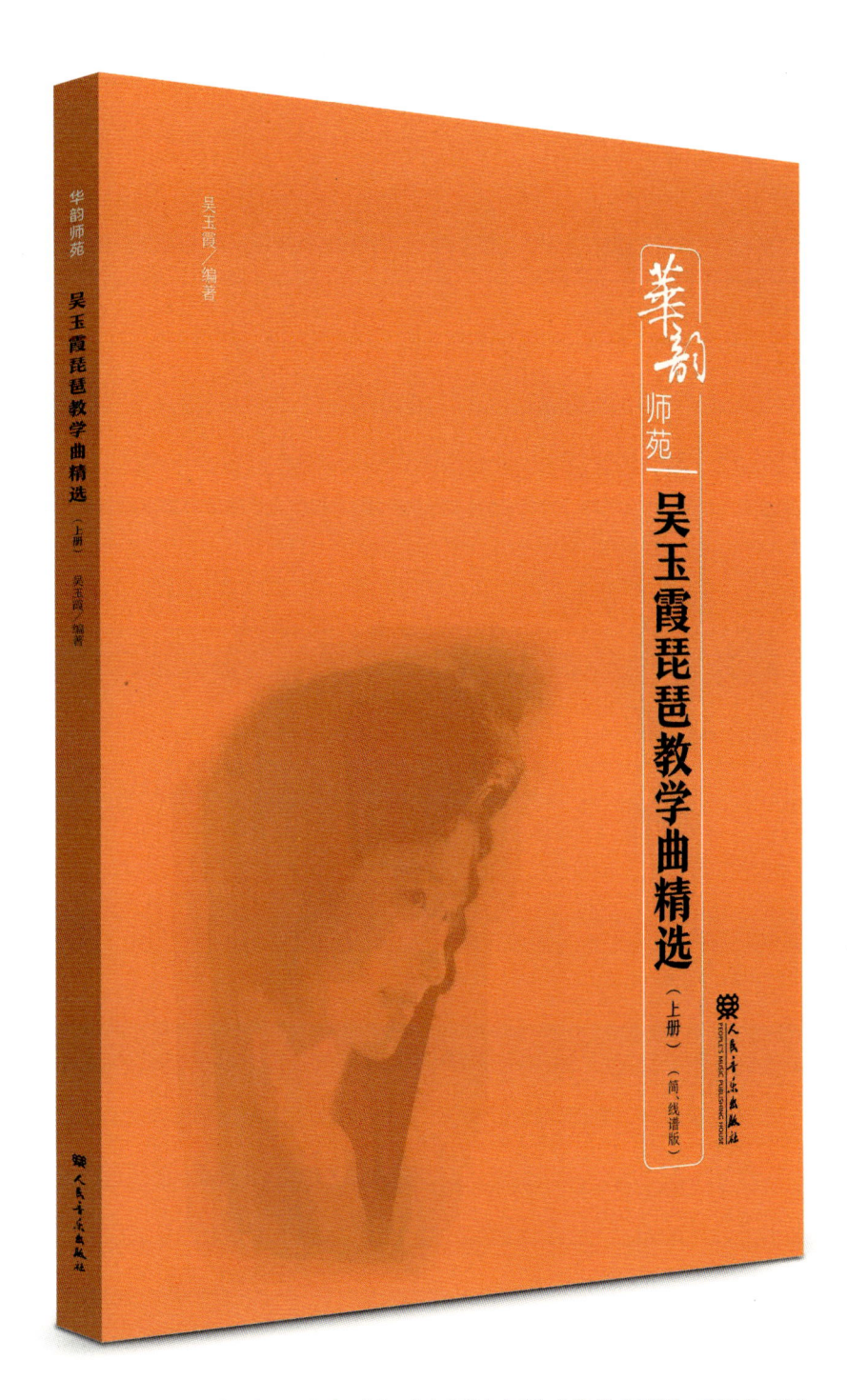

2021年，由人民音乐出版社出版"华韵师苑"系列丛书之
《吴玉霞琵琶教学曲精选》书影

刘 静

1967年6月生。中国艺术研究院研究员、博士研究生导师。研究方向为戏曲表演创作与研究。中国戏剧"梅花奖"得主，意大利"罗马之泉奖"获得者，获"全国戏曲百优教师"称号。撰写出版《幽兰飘香》《韩世昌与北方昆曲》等专著。担任"中国大百科"第三版《昆曲表演》主编。曾参与国家重点课题《昆曲艺术大典》的撰写工作，承担完成全国艺术科学规划项目《昆曲表演艺术传承方式研究》和北京市《甂甀心传》等项目。基于艺术传承与研究教学多年的实践和思考，在戏曲表演创作与研究方面提炼出以"承、传、演、研、用"五位一体的创新模式。在国内外杂志上发表《昆曲表演特色》《承与传之思考和实践》《论明清之际苏州派戏曲家朱素臣》等数十篇学术论文。受邀赴美国、俄罗斯及欧亚多国访问交流并演出和演讲。

2023年，受邀在艺术名家"汜邑大讲堂"做"人类非遗——中国昆曲艺术"讲座

2019年，在"中国艺术研究院教育成果"展演上，携中国艺术研究院研究生院戏曲表演创作与研究专业博士研究生孙良合演昆曲名剧《游园惊梦》

2017年，受邀参加由文化部举办的"中国非遗日良辰美景"展演，演出昆曲经典剧目《百花赠剑》

吴林励

又名吴玲俐。1974年6月生。中国艺术研究院文学艺术院副研究员，博士，美国北卡罗莱纳大学教堂山分校访问学者。中国指挥学会会员，中国民族管弦乐学会会员。曾任中国歌剧舞剧院合唱团、民乐团的常任指挥。客席指挥过深圳大剧院爱乐乐团，宁夏歌舞剧院交响乐团等。多次指挥中央民族乐团，曾指挥演出"纪念民族音乐家刘天华、阿炳（华彦钧）作品音乐会"、"红妆国乐"中央民族乐团音乐会、"高雅艺术进校园"系列活动、"国家大剧院五周年院庆"音乐会等，并在国家外事访问演出中担任乐队指挥。出版专著《中国电子音乐创作研究——从五部作品论现代性与民族性的融合》《中外指挥家谈当代音乐》，并在《中国音乐学》《中国音乐》《音乐艺术》《黄钟》《民族艺术》等核心期刊上发表多篇学术论文。

2014年，中央民族乐团专场"红妆国乐"演出现场

2015年，中央民族乐团纪念民族音乐家刘天华专场演出彩排现场

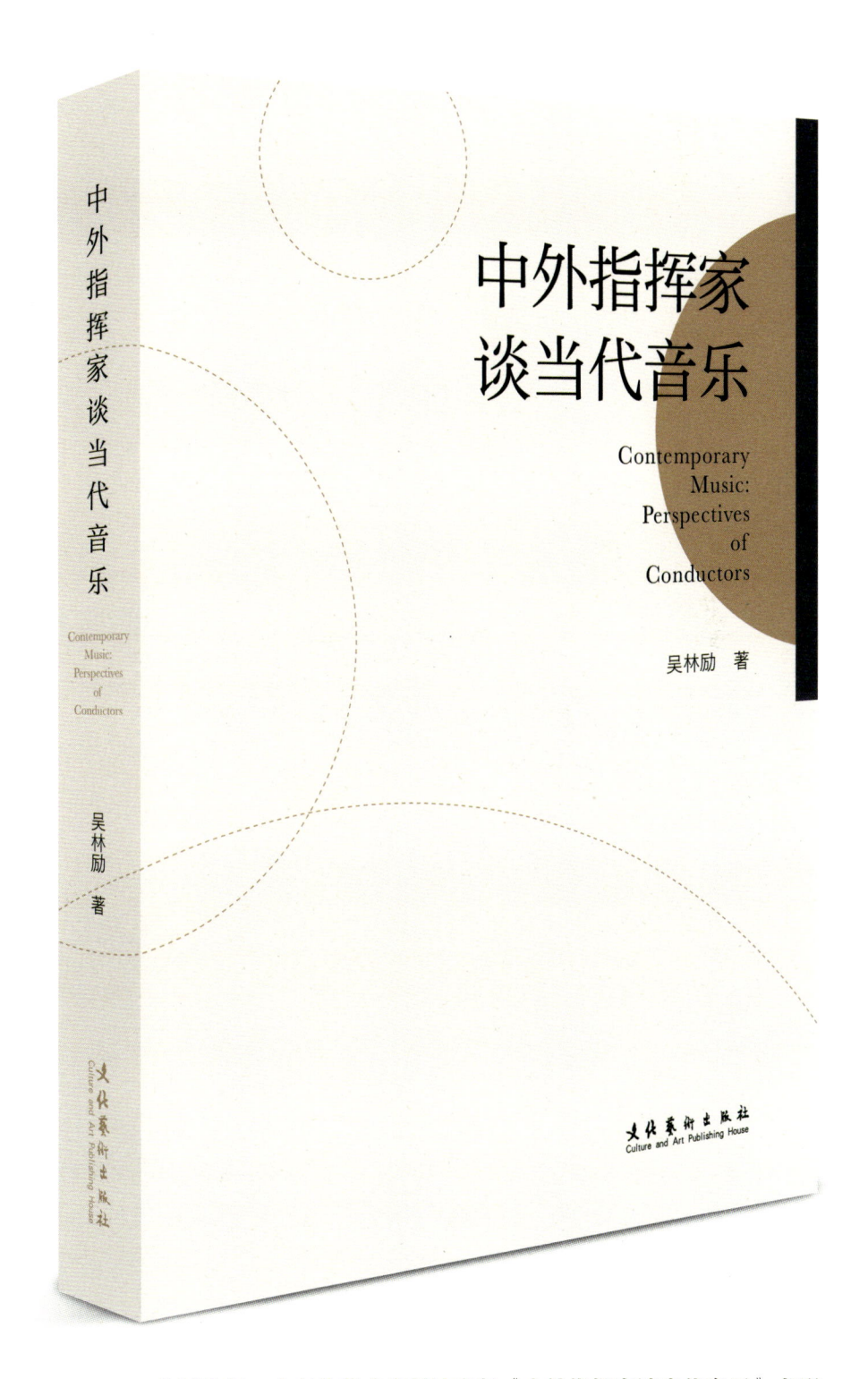

2023年，由文化艺术出版社出版《中外指挥家谈当代音乐》书影

张晓龙

1974年10月生。中国艺术研究院教授、中国电视艺术家协会青少年教育委员会副会长、演员、礼学指导、制片人，中国古代史硕士。曾在《甄嬛传》中饰演温实初"温太医"；主演《十月围城》《陆小凤与花满楼》《妻子的谎言》《爱人的谎言》等影视剧。主演电影《现场直播》，凭借该片获得加拿大金枫叶国际电影节最佳男演员奖、第十四届中美电影节最具突破男演员奖。曾在多部影视作品中担任礼学指导，作品有《满江红》《甄嬛传》《芈月传》《琅琊榜》《如懿传》《满城尽带黄金甲》《赤壁》《狄仁杰之通天帝国》《孔子》《花木兰》《画皮2》等。2018年，担任超级网剧《唐砖》总制片人与艺术总监；2019年，担任《爱上北斗星男友》出品人与总监制。参与并策划文化剧情舞蹈节目《舞千年》，以及多档文化类综艺节目如《典籍里的中国》《万里走单骑》《中国考古大会》《戏宇宙》《中国礼中国乐》《登场了！洛阳》等的录制。

《百年青春 当燃有我》海报

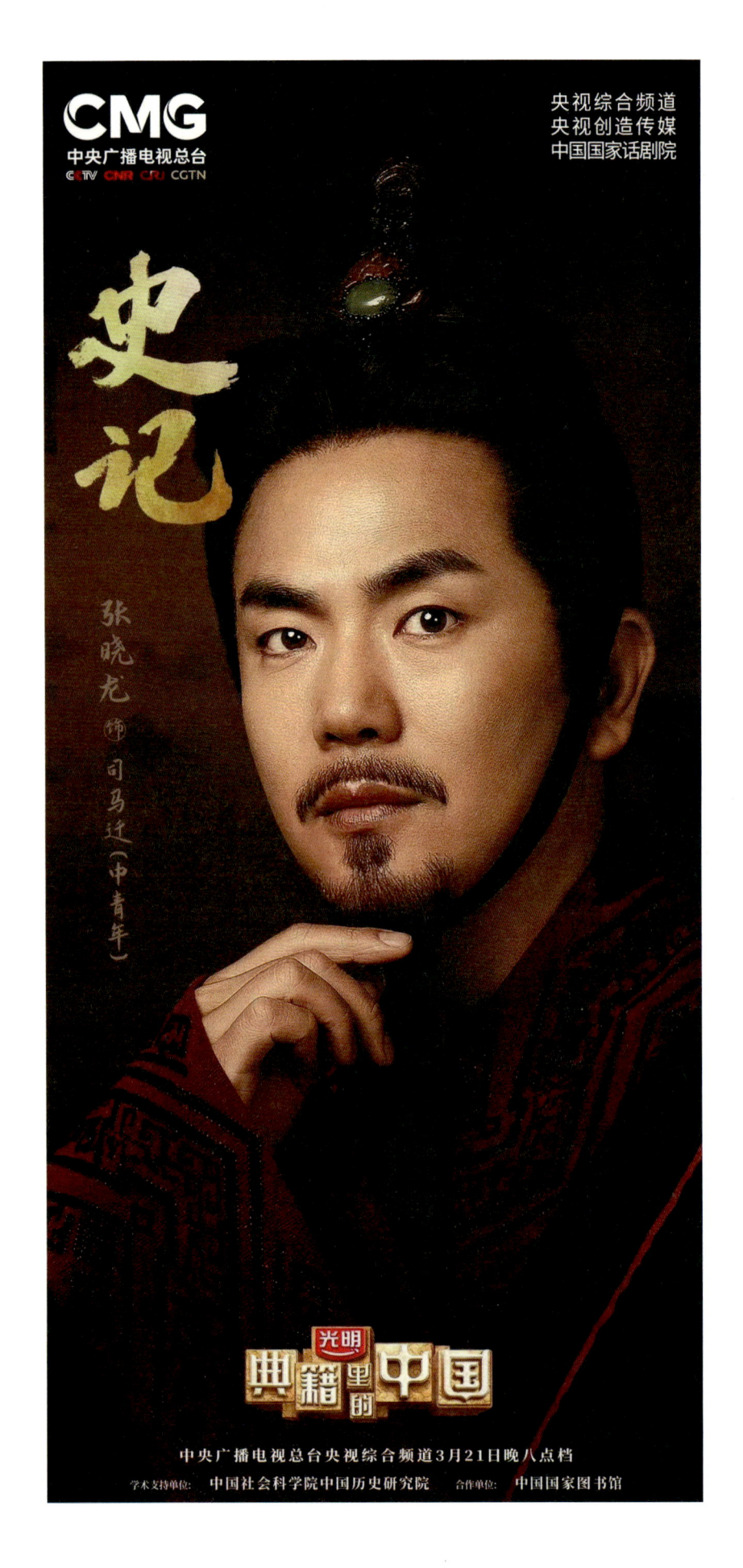

《典籍里的中国》海报

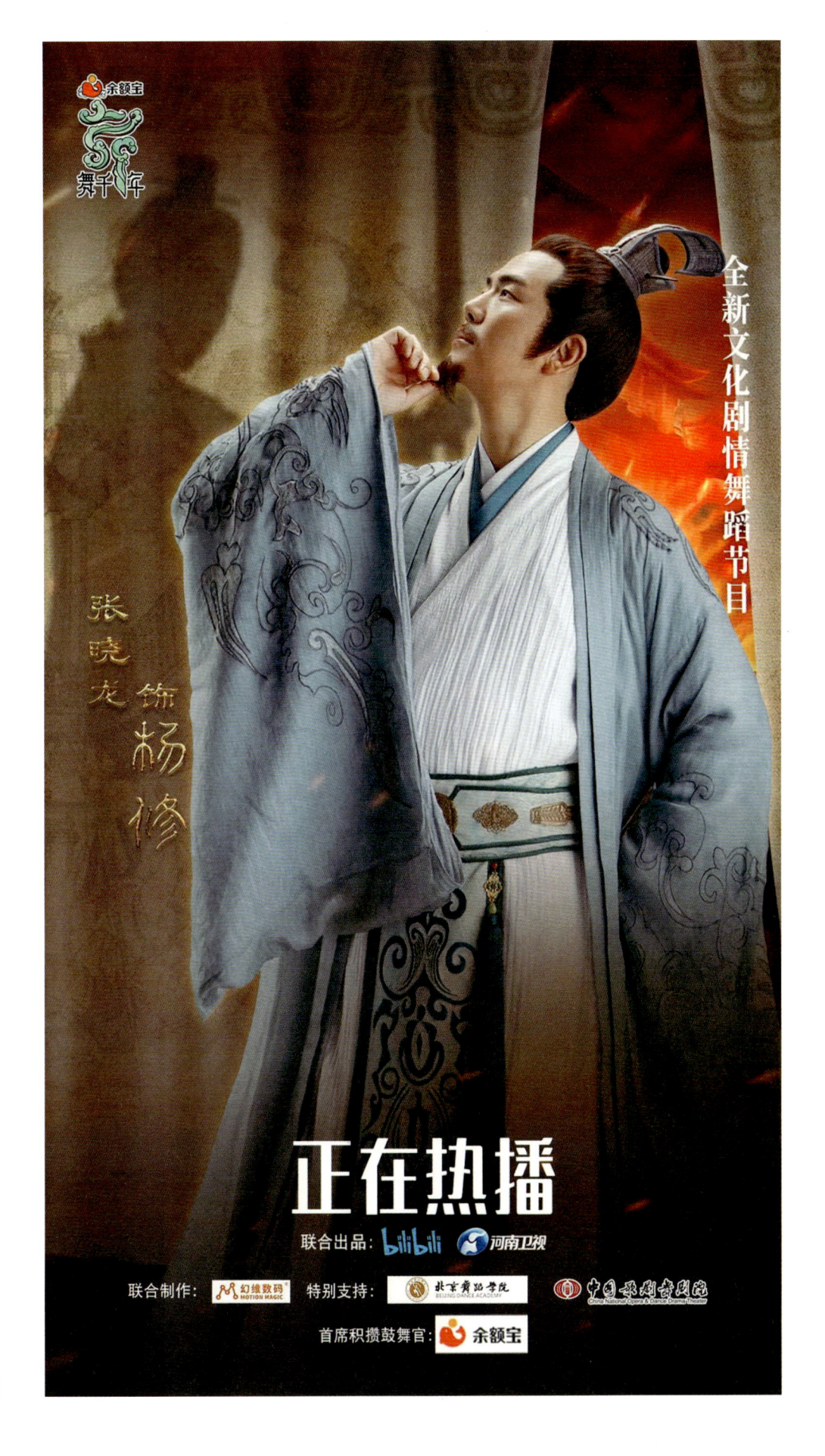

《舞千年》海报

段 妃

1975年6月生。舞蹈学博士，国家一级演员，研究员，专业技术三级。现就职于中国艺术研究院文学艺术院。曾任沈阳军区前进歌舞团、中国东方歌舞团演员，在全军文艺汇演、"桃李杯"舞蹈比赛、全国舞蹈比赛中分获表演一、二、三等奖。多次担任"桃李杯"舞蹈比赛、全国舞蹈比赛、CCTV电视舞蹈大赛、全国职业院校技能大赛评委；两次担任辽宁卫视春节联欢晚会总导演，获"全国春节电视文艺晚会"一等奖、第二十三届"星光奖"提名奖、"最佳导演奖"、"最佳舞蹈编导奖"等。并任第十四届全国运动会开闭幕式副总导演、舞蹈总监，建党百年《延安十三年》、《黄河大合唱》（二版）总导演，大型声乐套曲《万里长沙》总导演，内蒙古自治区第十五届运动会开幕式总导演，新疆维吾尔自治区第十四届运动会开幕式总导演等。出版专著《新中国著名舞蹈家艺术论》《舞蹈表演研究》，在核心期刊发表多篇学术论文。

2021第十四届全国运动会开幕式 副总导演舞蹈总监 段妃
Vice Chief Director and Dance Director Duan Fei at the Opening Ceremony of the 14th National Games in 2021

2021年,在第十四届全国运动会开幕式担任副总导演、舞蹈总监

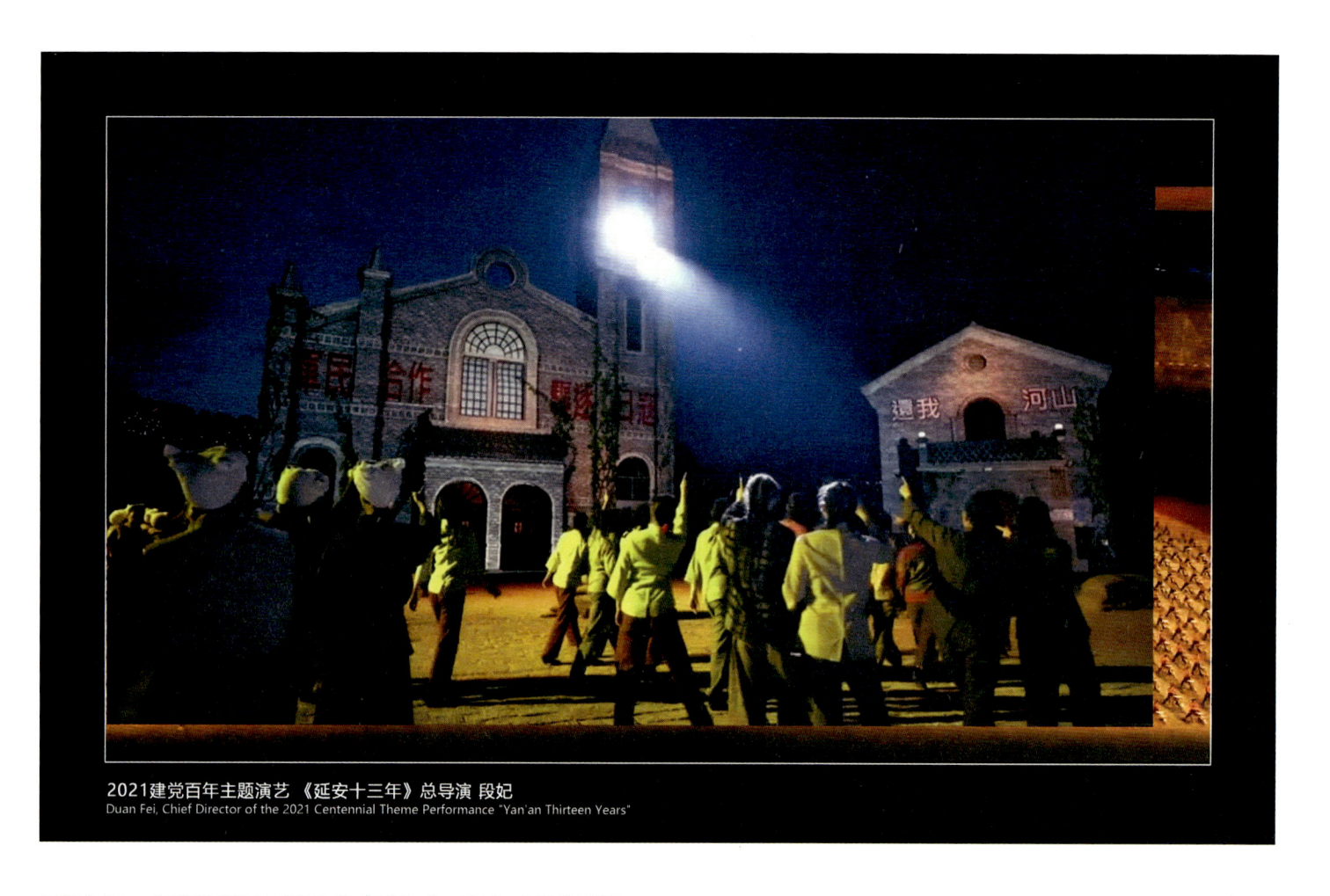

2021建党百年主题演艺 《延安十三年》总导演 段妃
Duan Fei, Chief Director of the 2021 Centennial Theme Performance "Yan'an Thirteen Years"

2021年，在建党百年主题演艺《延安十三年》担任总导演

2023内蒙古自治区第十五届运动会开幕式 总导演 段妃
Duan Fei, Chief Director of the Opening Ceremony of the 15th Inner Mongolia Autonomous Region Games in 2023

2023 年，在内蒙古自治区第十五届运动会开幕式担任总导演

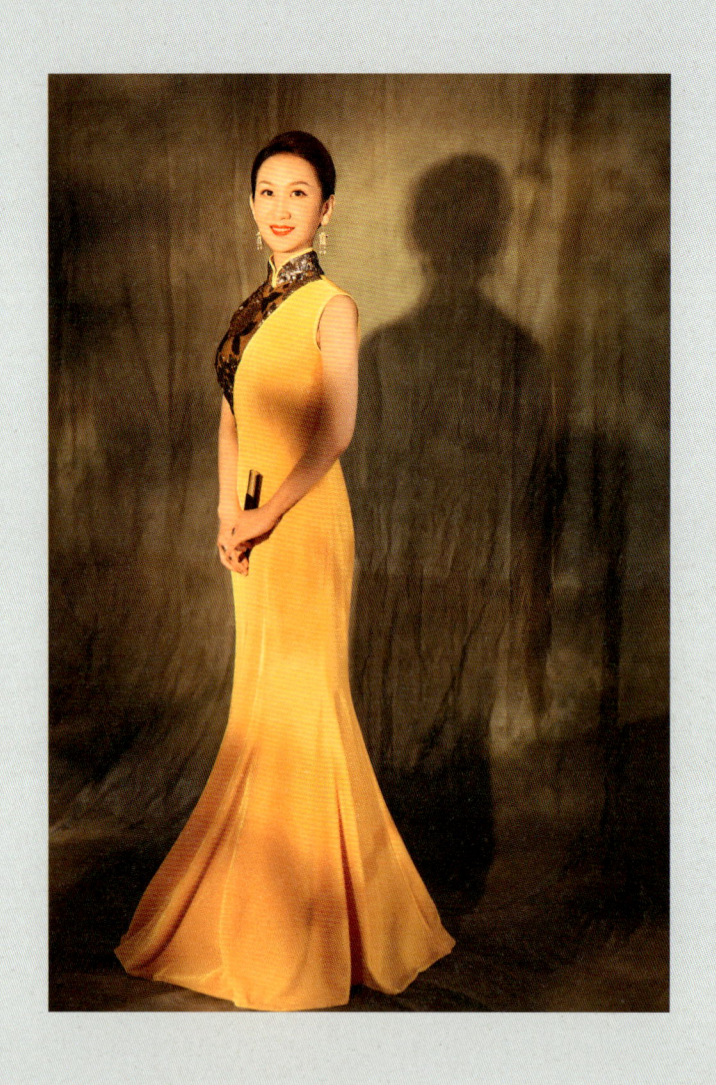

吉颖颖

1979年9月生。2007年硕士研究生毕业于中国音乐学院民族声乐表演专业。现为中国艺术研究院文学艺术院青年女高音,国家二级演员。代表作有《梅花引·荆溪阻雪》《醉翁操·琅然》《烛影摇红·宿雨初干》《青玉案·元夕》《水调歌头·明月几时有》《客至》《一剪梅·舟过吴江》等歌曲,多次参加国内外文化艺术交流活动及音乐会。

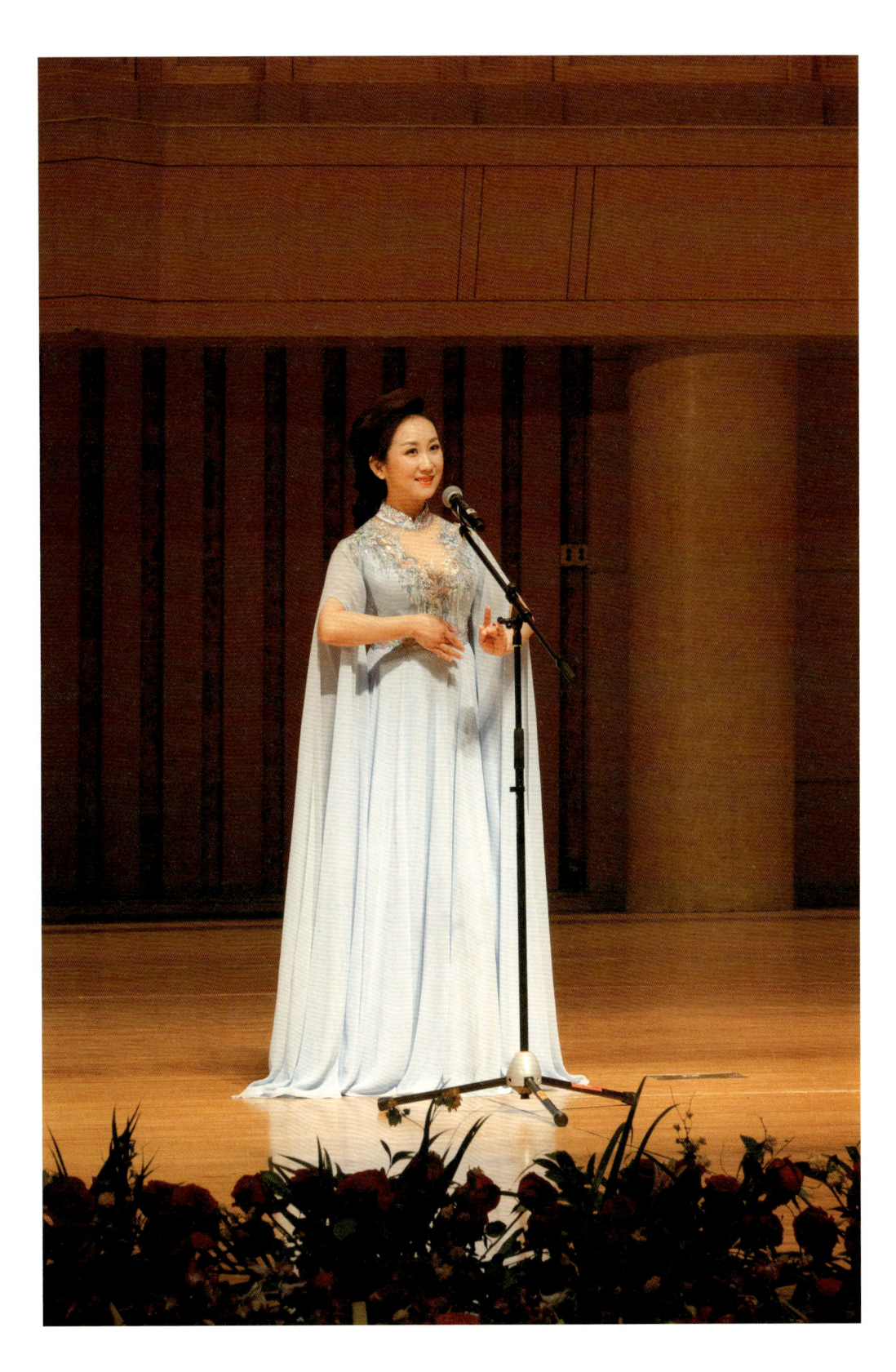

2019年，中山音乐堂音乐会演唱现场

2019年，"艺苑国风"艺术团队民乐表演《相逢好》现场

2019年，在新加坡进行文化交流，演唱《知音》现场

赵雪莲

1980年1月生，山东省烟台市人。毕业于山东大学英语专业、中央戏剧学院表演专业、中国艺术研究院戏剧戏曲专业。担任主演的影视作品有《一双绣花鞋》《汉武大帝》《大宅门》《如此多娇》《无国界行动》《湄洲岛奇缘》《望族》《黑玫瑰》《最后防线》《开天辟地》《智取华山传奇》《不曾见过你》《女人要过好日子》《有你就好》等近百部。从事影视剧策划制作的主要作品有电影《放大招》《朝花夕拾》《野麦子》《秀水泱泱》等近十部。《汉武大帝》获第二十五届"飞天奖"优秀长篇电视剧奖；《无国界行动》获第十届精神文明建设"五个一工程"优秀作品奖；编剧的电影剧本《面具》获国家广电总局"扶持青年优秀电影剧作计划"优秀剧本奖；策划的电影《放大招》入选2019丝绸之路国际电影节创投会中国文联电影艺术中心特别推荐单元。

《女人要过好日子》剧照

《望族》剧照

《有你就好》剧照

程　明

1981年6月生。中国艺术研究院二级作曲，亚洲爱乐乐团客座作曲，陕西演艺集团特聘专家，中国音乐家协会会员，第七届世界军人运动会开幕式作曲。多次参与由中宣部、中国文联主办的大型活动音乐创作工作，连续多年参与中央广播电视总台春节联欢晚会、元宵晚会、元旦晚会、春节戏曲晚会、元宵戏曲晚会，以及《风华国乐》《空中剧院》《天天把歌唱》等节目的音乐作曲和编曲工作。主要作品有舞剧《红草鞋》作曲，舞剧《大湖之灵》作曲，杂技剧《梦回中山国》作曲，杂技剧《出彩中国》作曲，实景演出《滹沱河畔》作曲，实景演出《新中国从这里走来》作曲，话剧《别慌》作曲，组曲《中国意象》作曲，泗州戏《信仰》作曲、唱腔配器，歌曲《万水朝东》作曲等。

楚恋

作词：陈云升
作曲：程　明

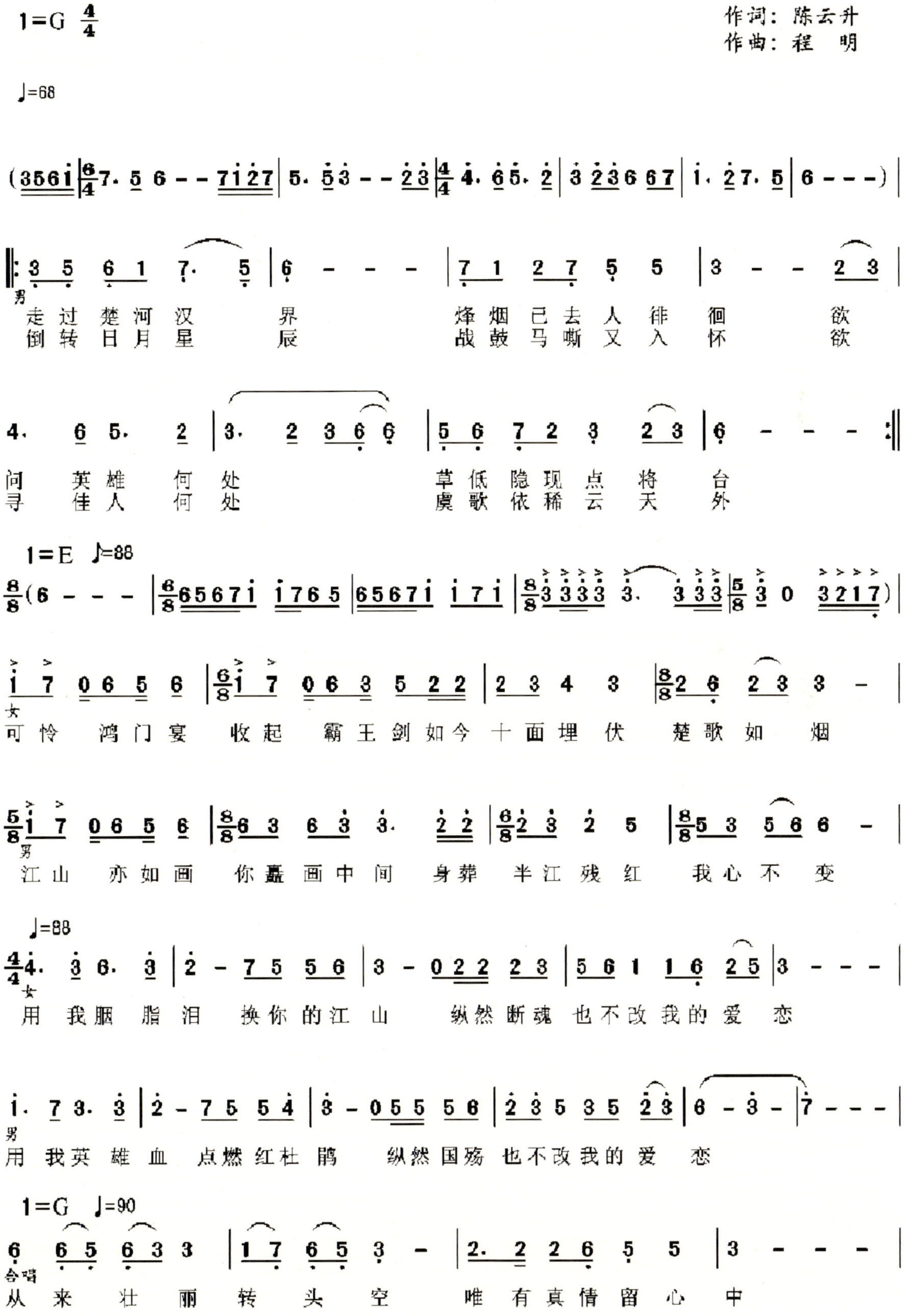

《楚恋》谱例

万水朝东

作词：毛梦溪
作曲：程　明

1=C 4/4

♩=67 抒情地

1=A

0 5 2 2 - 2 5 7 6 | 6 - - - | 0 1 5 5 - 1 5 5 2 | 2 - - - |

1=C

3 2 2 3 5 - | 1 7 6 7 3 - | 4 3 4 5 5 3 2 | 1 - - 0 3 4 | 5. 4 4 3 1 5 |

2 1 2 3 3 1 5 6 | 6 - - - | 2 3 3 0 1 7 1 | 5 2 2 - 0 1 |
从来没有过 的感动　　　　爱上你 的与众不同　你

3 3 6 6. 3 | 5. 4 3 0 2 3 | 2 6. | 6 5 3 2 | 2 - - - |
上善若水 的从　容　告诉我们　何去何从

‖: 2 1 2 3 3 1 5 6 | 6 - - - | 2 3 3 0 1 7 1 | 5 2 2 - 0 1 |
从来没有过 的由衷　　　　爱上你 的风雨同舟　圆
从来没有过 的恢宏　　　　爱上你 的胸怀气度　为

6 6 5 6 5. 3 | 1 7 3 6 7 6 0 2 3 | 2 3 2. 2 3 | 6 5 5 - - - |
民族复兴 的中　国梦引领我们　绽放光荣
人民幸福　奋　　斗　奏响人类　命运与共

§ 3 2 2 3 5 - | 1 7 6 7 3. 3 | 4. 3 2 3 4 1 1 | 6. 5 5 2 3 - |
征程万里　岁月峥嵘　你海纳百川迎来　万水朝东

　　　　　　　　　　　　　　　　　　　　　　　1.2.
3 2 2 3 5 - | 5 1 2 3 4 4. 1 7 | 6. 7 1 5 4 3 2 | 2. 5 5 2 1 ‖
初心不忘　国之大者　筑起新时代的梦　想永续奋斗
D.S.

ϕ　　　　　　　　　　1=♭E　　　　　　　　　　1=C
5. 4 5 6. 5 5 4 | 5 - - - | 5. 4 5 6. 5 5 4 | 1 - - - | 3 2 2 3 5 - |

5 4 4 5 ♭7 - | 5 1 1 3 4 5 3 1 | 6. 5 5 6 5 - - | 4. 3 3 1 5 - :‖

3.
2. 5 5 2 1 - | 2. 5 2 - | 2 - - 0 | 1 - - - | 1 - - - | 1 0 0 0 ‖
永续奋斗　永续奋　斗

《万水朝东》谱例

屈 轶

1981年9月生。中国艺术研究院文学艺术院舞台剧影视戏剧导演、编剧、作曲。主要编剧、导演、作曲的作品有：诗乐舞集《亚洲铜》作为中国文化部（现文旅部）重点推荐项目参加"中国意大利文化年"，并荣获"优秀剧目"；音画诗剧《面朝大海》（又名《走进比爱情更深邃的地方》）在全国保利院线巡演；诗歌剧场《以梦为马》获得国家艺术基金重点资助；音画诗剧《面朝大海》获得国家艺术基金跨界融合大型舞台剧资助；为法国阿维尼翁国际戏剧节创作舞蹈剧场《拈花》；舞台剧《莲心不染》获京津冀青戏节"最佳剧目""最佳导演""最佳表演指导——王劲松"，同年被评为北京电影学院表演学院优秀剧目；实验短片《无边》入围柏林国际短片电影节、英国简·奥斯汀电影节等，并在简·奥斯汀电影节中获得最佳视觉效果奖；短片《宁静海》入围戛纳国际独立电影节，并获得最佳实验短片。出版诗乐合集《紫藤花开》。

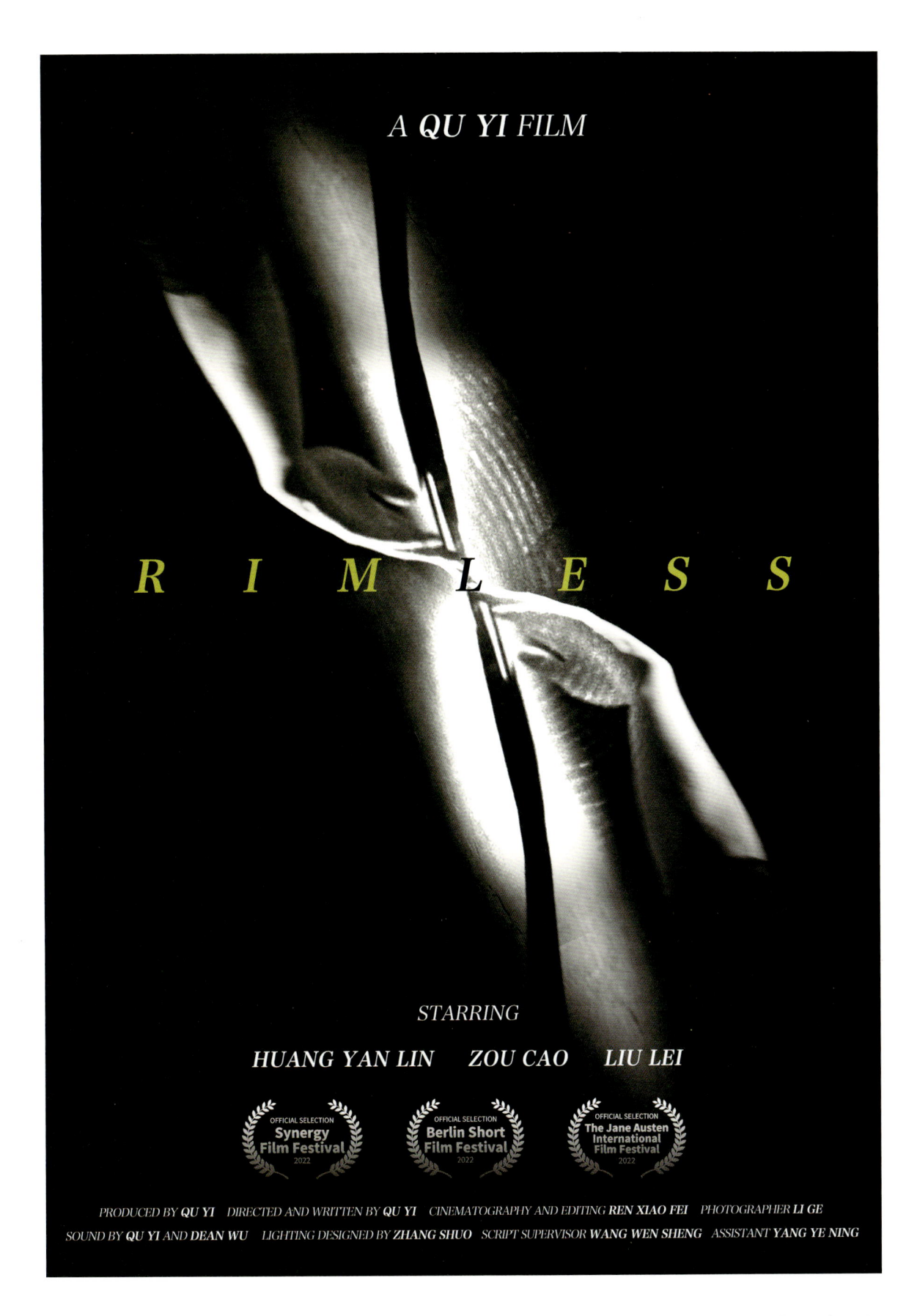

电影《无边》海报

电影《宁静海》海报

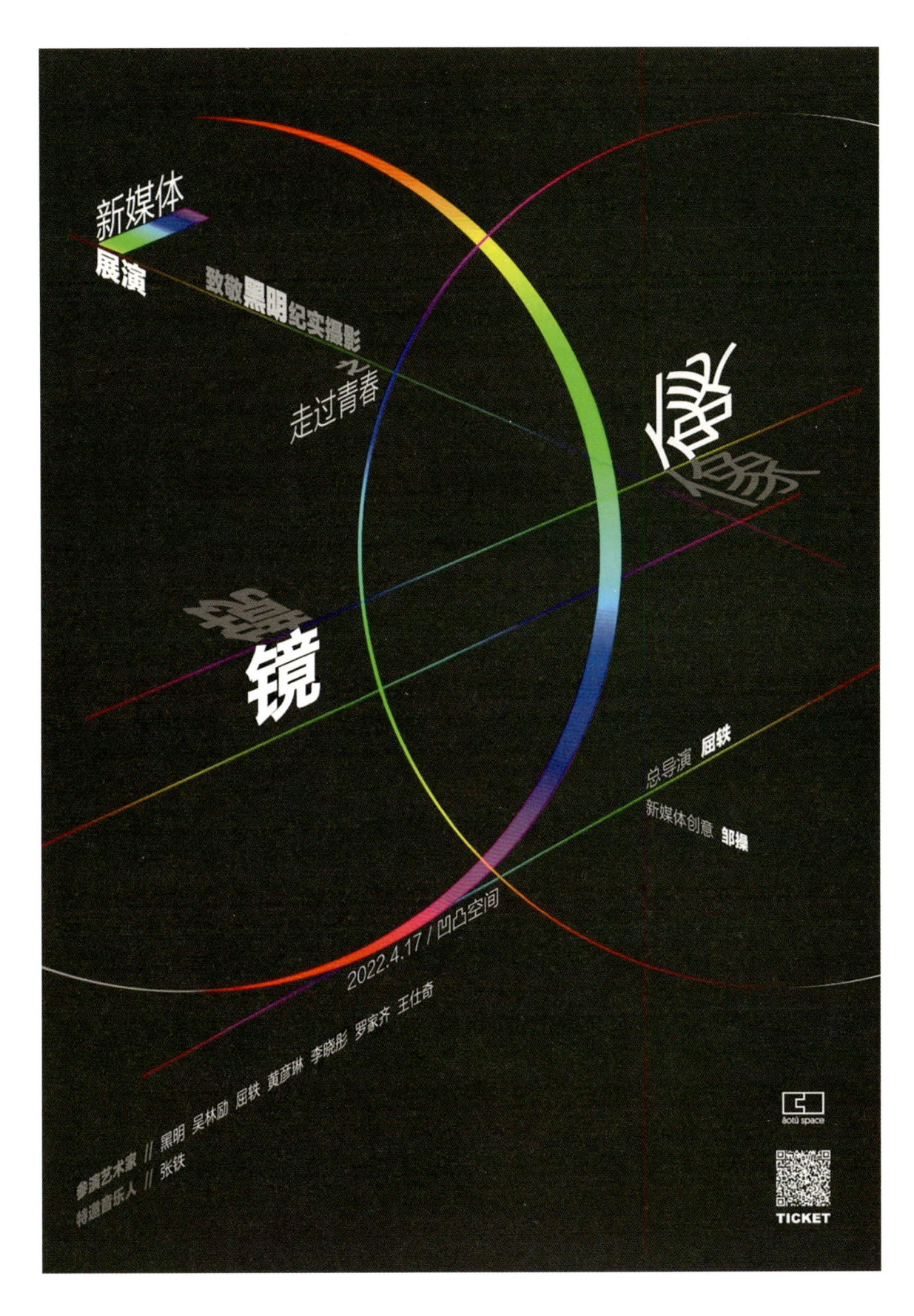

镜·像，新媒体展演

刘 蕾

1984年11月生。中国艺术研究院二级演奏员。中国民族管弦乐学会理事、普及民族音乐艺术委员会副秘书长。自幼随父学习二胡，1996年考入中央音乐学院附小，师从著名二胡演奏家、教育家田再励教授。2003年保送中央音乐学院民乐系，2007年保送攻读中央音乐学院硕士学位。曾举办个人二胡独奏、协奏音乐会，多次参加各类音乐节、国内外文化交流活动、大型主题活动的文艺演出。录制出版《舞琴海》个人专辑、《中国民族弓弦类乐器简介》远程教育课程、《未来幻像》室内乐作品集、《艺苑国风》室内乐专辑。首演《左右》《弦武》《舞琴海》《云影》等作品。

2010年，首演二胡协奏曲《舞琴海》现场

2018年，泰国曼谷中国文化中心《国之瑰宝——〈清音雅乐〉专场民族音乐会》演出现场

2022年，首演琵琶、二胡双协奏曲《云影》现场

设计

穆怀恂

1956年7月生，北京市人。1978年考入北京电影学院，本科。中国艺术研究院研究员，国家一级舞美设计师，建筑艺术研究所原副所长、艺术创作研究中心副主任。从事舞台美术与灯光设计专业40余载，设计作品多次荣获国家"文华奖"并入选国家舞台艺术精品工程项目；曾担任十余届春节电视晚会舞美灯光设计；荣获"星光杯"舞美设计大奖。对国内文化场馆建设的专业使用功能及科学定位有深入研究与实践，曾担任山东聊城水城明珠大剧院总体规划设计及舞台工艺设计，该项目荣获文旅部首届科技创新奖并获得北京市政府授予的个人二等功。2008年选调北京奥运会开闭幕式设计部，担任青岛奥帆赛开幕式舞美灯光总设计；2011年担任第26届世界大学生运动会开、闭幕式舞美灯光艺术总监；2021年担任第十四届全国运动会开幕式舞美灯光艺术总监。

《皇冠剧场》总体概念设计示意图

夜晚平视图

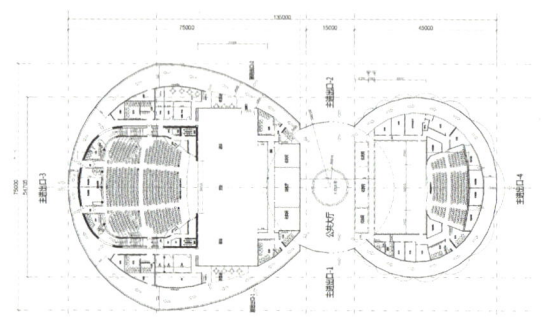

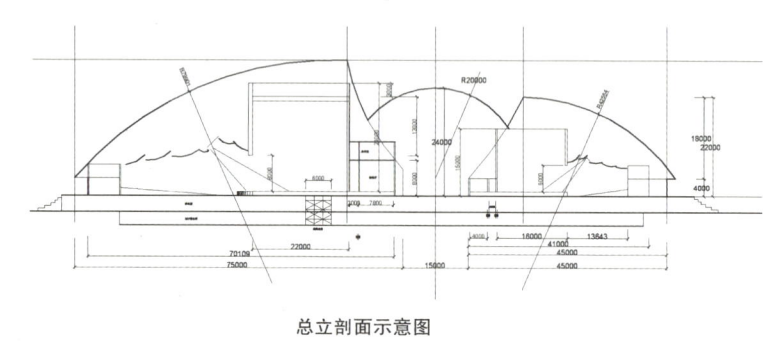

总立剖面示意图

贝壳剧场总体概念设计示意图

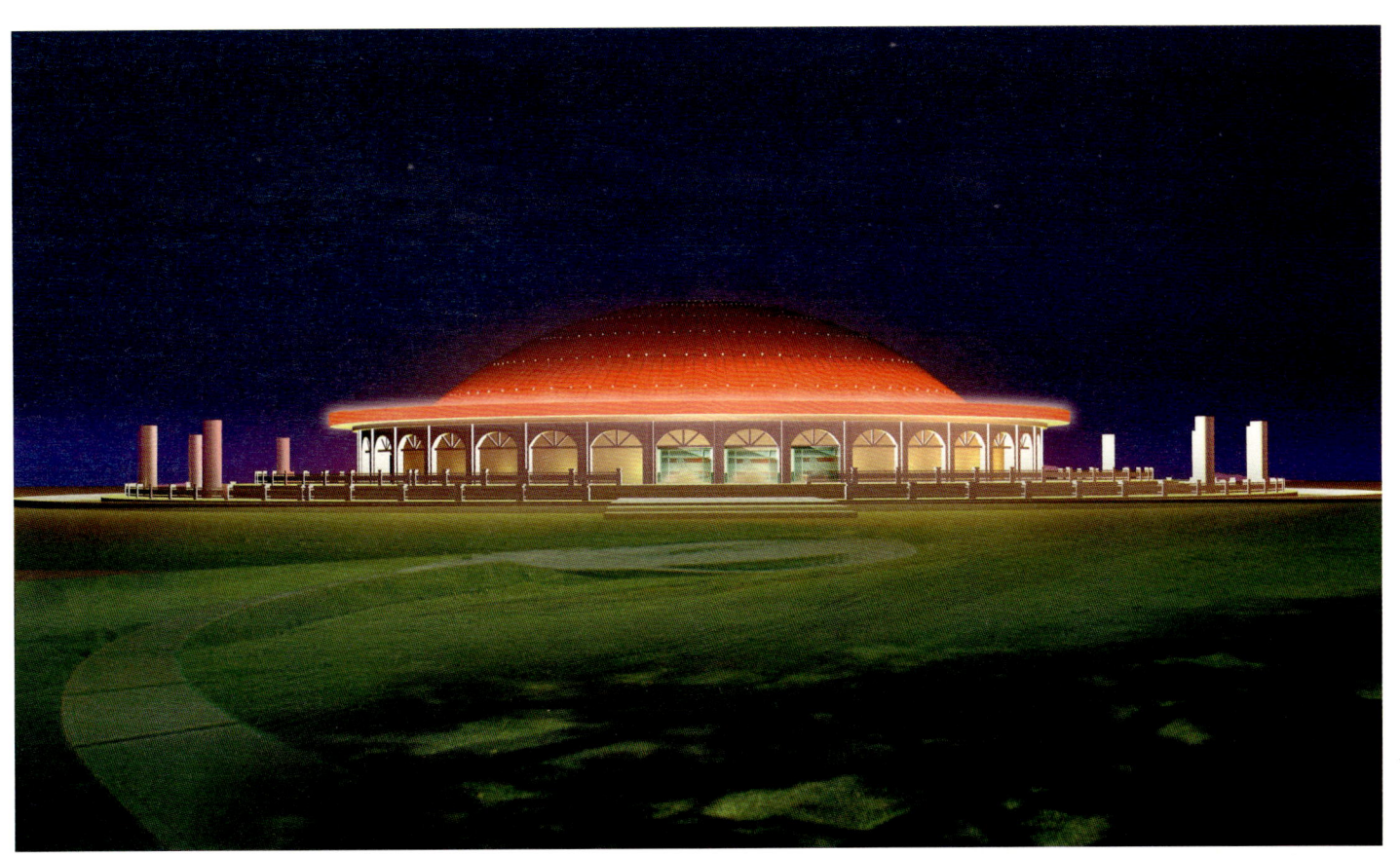

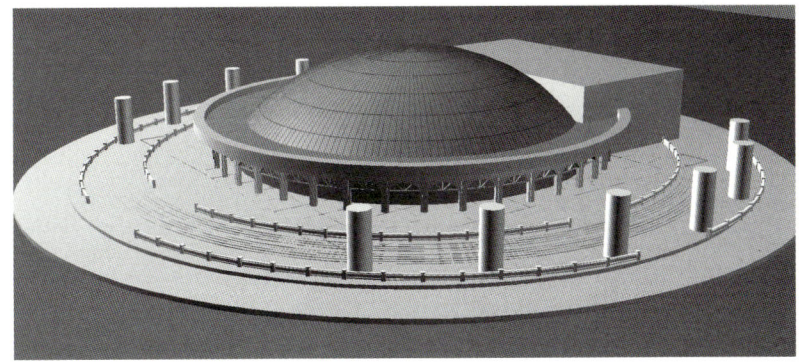

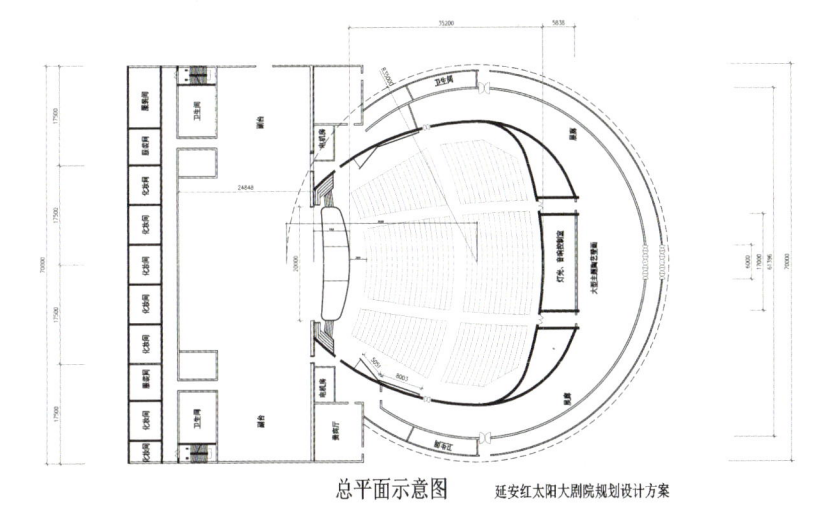

延安红太阳大剧院总体概念设计示意图　　　　　总平面示意图　延安红太阳大剧院规划设计方案

姜浩扬

1974年9月生。导演、舞美设计、制作人。毕业于中央戏剧学院，中国艺术研究院文学艺术院副院长、国家高级职称评委、国家艺术基金评委、国家一级舞美设计师、西北大学丝路遗产研究院研究员，国家大型活动、文旅演艺导演、制作人，参与制作导演国家大型活动和旅游演艺100余项。主要工作业绩有：2008年北京奥运会开、闭幕式舞美总设计，2009年国庆60周年彩车设计总监，2010年广州亚运会开、闭幕式总制作人，2019年国庆70周年台湾和新疆彩车总设计，2021年中华人民共和国第十四届运动会开、闭幕式总导演兼总制作人，2022—2023年世界制造业大会开幕式总制作人等。2008年入选"影响北京100人"，获2008年北京奥运会先进个人奖、2009年国庆先进个人奖、2010年广州亚运会五一劳动奖章、2011年深圳世界大运会先进个人奖、全国十大演出盛世奖、中国舞台美术学会"学会奖"、全国舞台美术展优秀设计师奖，2019年获得国庆指挥部颁发的"匠心奖"和"华美奖"等。

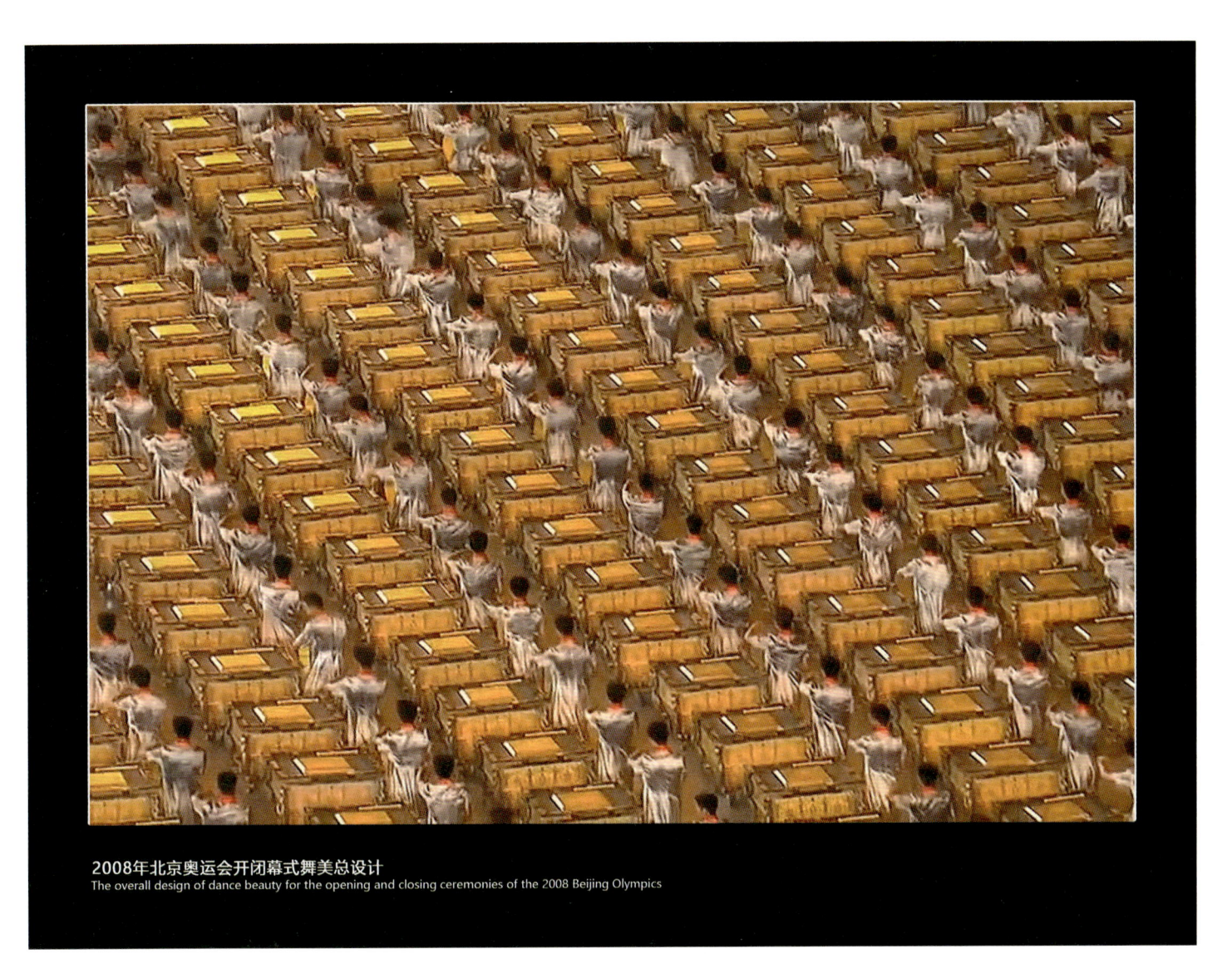

2008年北京奥运会开闭幕式舞美总设计
The overall design of dance beauty for the opening and closing ceremonies of the 2008 Beijing Olympics

2008年，任北京奥运会开、闭幕式舞美总设计

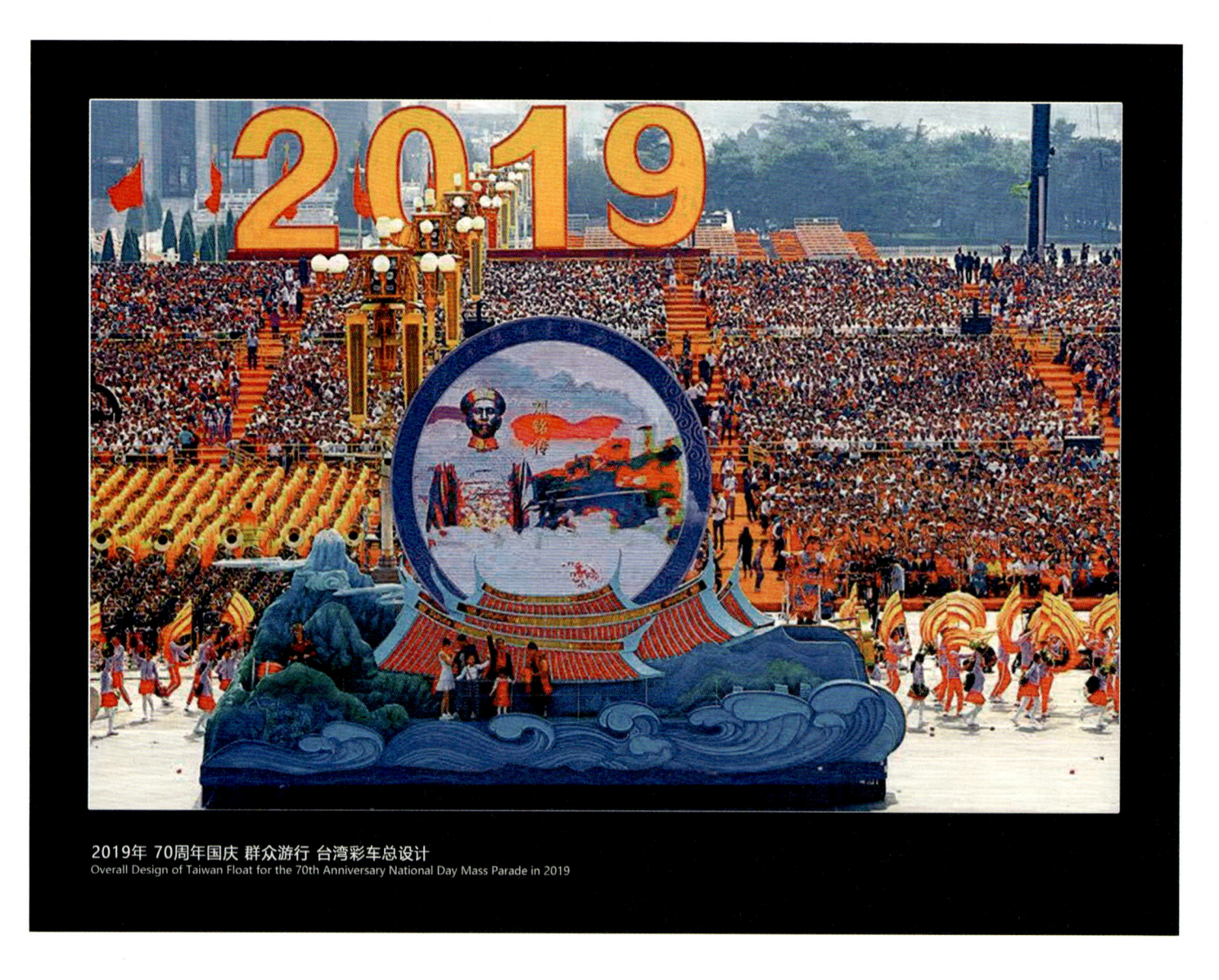

2019年 70周年国庆 群众游行 台湾彩车总设计
Overall Design of Taiwan Float for the 70th Anniversary National Day Mass Parade in 2019

2019年，任70周年国庆群众游行台湾和新疆彩车总设计

第26届世界大学生运动会开幕式 总导演
Chief Director of the Opening Ceremony of the 26th Universiade

2011年，任第26届世界大学生运动会开幕式总导演

彦 风

1978年3月生。分别就读于英国伯明翰艺术与设计学院综合绘画专业、美国旧金山艺术大学新媒体艺术专业。现为中国艺术研究院副教授，中国美术家协会实验艺术委员会秘书长，硕士研究生导师。致力于以国际化的视野深入探索社会与生活的当代美学，专注数字媒体艺术与设计的创作和研究，以及跨媒体艺术设计实践等。个人艺术作品及主持设计作品多次获得国内外奖项，参加众多国内外重要展览并被收藏，作品涉及数字媒体艺术、交互设计、信息可视化应用、数字出版、互动空间应用、虚拟现实等多重领域。

新大陆 1 号

160cm × 120cm
综合材料
2003 年

观·山水 1

尺寸可变
数字影像
2014 年

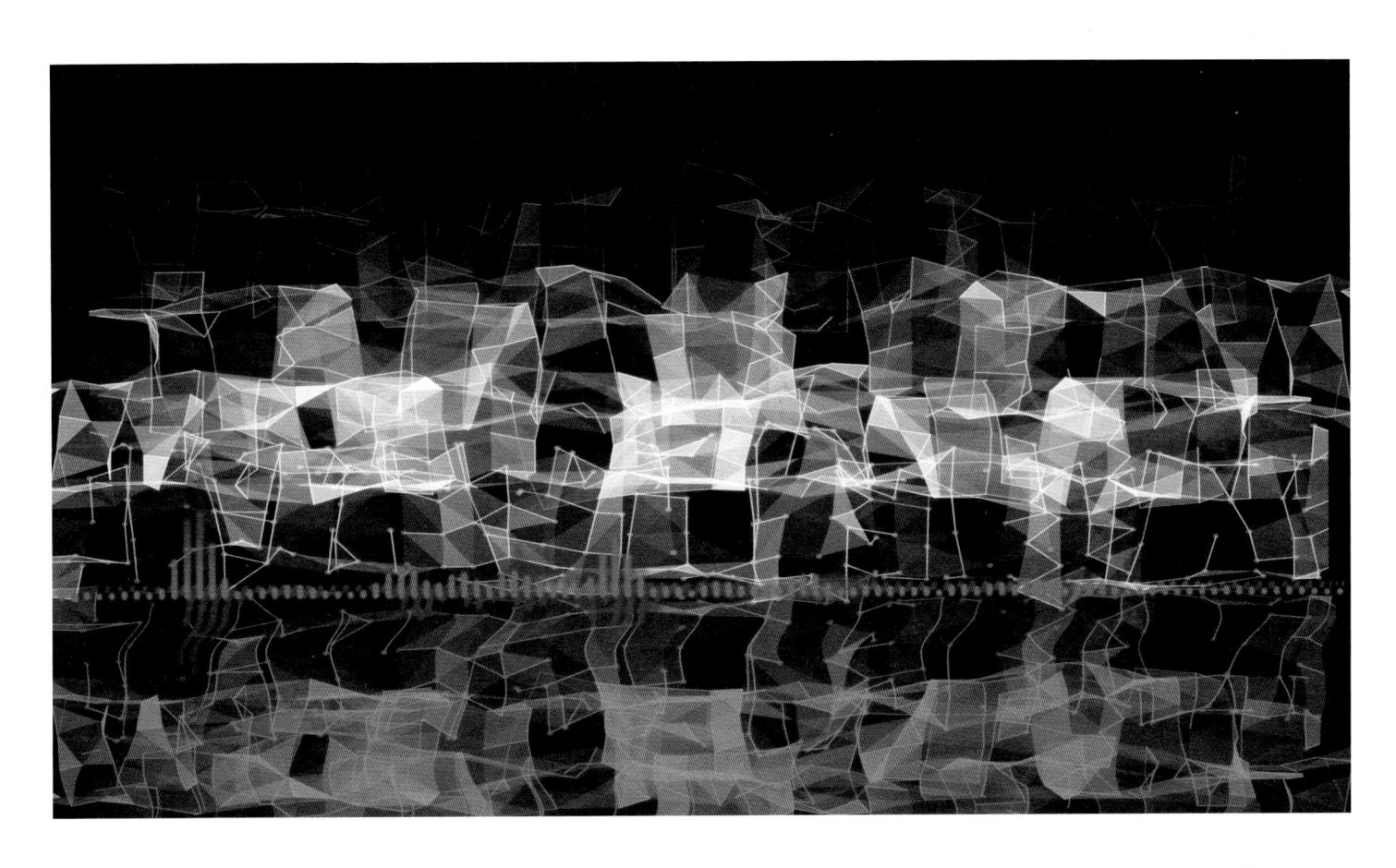

观·山水 2

尺寸可变
数字影像
2014 年

李 怡

1990年1月生。毕业于中央美术学院设计学院首饰专业，获学士学位；免试保送中央美术学院设计学院首饰专业，获硕士学位。国家三级美术师。举办"时刻样本——李怡个展"，参加第二届全国工艺美术作品展、"进化的特征"首届国际可穿戴艺术展、"复兴 + 再造"第十届中国现代手工艺学院展、中国与瑞士一流学府当代首饰设计邀请展、"本体与多元"第九届中国现代手工艺学院展、Marzee 国际首饰作品展。翻译出版丹麦著名首饰艺术家金·巴克（Kin Buck）著作《真实之物》。

《肆 + 肆时》胸针 2 件

8cm×4.5cm×1cm
银、钢
2020 年

《拾陆时》2 胸针

8cm×3cm×2.5cm

黑牛角、黄羊角、银

2020 年

《拾壹时》3 戒指

8.5cm×6cm×2.5cm

黑牛角、菩提籽

2020年